回不去的小时候

韩寒

扣扣小妖 著
念念 插图

北京联合出版公司
Beijing United Publishing Co.,Ltd.

图书在版编目（CIP）数据

回不去的小时候 / 扣扣小妖著. —北京：北京联合出版公司，2013.9

ISBN 978-7-5502-1847-5

Ⅰ. ①回… Ⅱ. ①扣… Ⅲ. ①随笔－作品集－中国－当代 Ⅳ. ①I267.1

中国版本图书馆CIP数据核字（2013）第200140号

回不去的小时候

作　　者：扣扣小妖
责任编辑：史　媛
版式设计：姜　唐
封面设计：于　潇

北京联合出版公司出版
（北京市西城区德外大街83号楼9层　100088）
北京慧美印刷有限公司印刷　新华书店经销
字数：149千字　880mm×1230mm　1/32　印张：7.5
2013年9月第1版　2013年9月第1次印刷
ISBN 978-7-5502-1847-5
定价：32.80元

目　录

长牛角　1

降龙十八掌　2

狂人水东清　5

爸爸过去的事情　7

洗西瓜　12

玉米饼　14

有志少年　16

超人　18

吃饭的速度　20

两姐妹　22

集烟壳　23

猪油渣　27

那时的光与影　29

给我尝一口　32

过酒瘾 34
三鞭啤酒 35
神秘的万元户 38
无肉不欢 40
外婆拉灯 42
工人的后代 44
吃了没 46
手起刀落 47
吃完苹果找爸妈 49
大永久 53
偷吃麦乳精 55
体面的假领子 57
荒地不荒 59
圈地行动 62
杨丽君，偶尔想起你 65
敲碗花 67
一块糖糕 69

山东苹果 71

毛重 74

迎接慰问团 75

洋娃娃的眼睛 78

谁盖马桶盖 81

抬小娘 82

怕车的小姑娘 84

鱼饵 86

钓鱼的约法三章 88

小孩耳朵啃半边 91

1角钱一刀 93

好吃的西瓜皮 95

布店里的江湖 98

闹相亲 100

摘稻穗 102

午饭问题 105

正宗香蕉那个皮 107

好看的“相公片” 113
与大山的亲密接触 115
钓水桶 117
英语启蒙教育 119
投宿无门 121
摘葡萄的小姑娘 123
家有“仙鸡” 126
偷鸡贼 129
打牙祭 133
乞讨拜年 135
白头翁和富翁 138
六角礼包 139
我是茜茜公主 141
“三好学生”的表现 145
鲜艳的红领巾 147
一本《故事会》 149
“波比”的启发 151

小人书 153
抹头油 155
涨潮不酿酒 157
青霉素 159
疥疮 160
下来就不打你 162
家有卫生间 165
拣茶叶 168
我选我 171
谁动了我的银圆 173
误诊 175
发育 177
错过的兴趣班 178
张浩的眼泪 181
喝“碗花” 182
黑白和彩色 183
特约点播 187

“鸡鸡复鸡鸡” 189
《我的路》 191
关于出生的问题 193
三四个小时 195
作文式检讨书 198
100元借读费 200
三七增肥记 202
念念不忘 204
临时抱佛脚 206
美丽的茉莉花 208
美的代价 212
丝谣文学社 216
炒粉干 218
都是衣服惹的祸 220
挂盐水 222
找个什么样的白马王子 226
下海之风 228

长牛角

小时候，不小心跟别人撞到头，听说会长牛角，一定要再撞回来。没办法，明明撞得很痛，还要对着痛处瞄准了，两个人头对头，再撞一次。

撞得满眼冒泪花。

降龙十八掌

小时候喜欢看武侠片，我哥也是。

他喜欢拿根树枝，手舞足蹈当剑使，嘴里还念念有词。

有一回，我在屋里做作业呢，他帮妈妈收衣服，抱了一堆衣服进来，扔到床上，顺手就抽出一个晾衣架，嘴里喊一声："寒山十八式——"舞起晾衣架，结果，天花板吊着的电灯泡被晾衣架一扫而过，"啪"的一声，粉身碎骨……

这事在他的"习武"生涯中，不过是沧海一粟，往前倒几年，还有更狠的。随着1983版《射雕英雄传》的热播，我哥迷上了"降龙十八掌"，时不时地学，还学电视上郭靖的样子，很拉风地来上一段动作，可惜缺乏对手，只能对着空气练，未免有点美中不足。

有一天，他忽然意识到我是属龙的，便眯着眼说："来，吃我一套降龙十八掌！"说时迟，那时快，我还没来得及分辨他使的究竟是"降龙十八掌"还是"九阴白骨爪"，眼前星星乱闪，鼻血就下来了。

我哇地哭了。老爸杀过来，在他屁股上狠狠地拍了两巴掌，废了我哥的"武功"，然后叫他跟我道歉，写保证书，保证他欺负我的事，下不为例。

我哥的保证书，是一封赤裸裸的江湖血书啊！我老爸看傻了眼。

他倒也没学电视里演的，咬破手指头来写，而是就地取材，我不是流鼻血了吗……

狂人水东清

不同的地方，对付小孩哭闹的方法不尽相同。

“再哭，让大灰狼来抓你！”

“再哭，让警察叔叔来抓你！”

而我小时候，身边的大人吓唬小孩子，都是说：“再哭，让水东清来抓你！”小孩马上就吓得不哭了。

水东清是小城的名人，据说是个精神病患者，在街头四处流窜，不发病时出口成章。在很多人眼里，他是个很神秘的人，也是个文化人。也有人猜测说，“文革”打倒孔老二时，他怕被拉去批斗，就开始装疯卖傻。但“文革”过去了，他仍然一副半癫半狂的形象，远近闻名。

有人推着一辆新自行车，路遇水东清，就逗他：“水东清，你会不会骑啊？骑得来就给你骑走好了。”水东清真的过去接过车子，把着龙头，一脚蹬着踏板，踮着另一只脚，摇摇晃晃，样子滑稽地溜起来，引得旁人哈哈大笑。没想到，溜了一段路后，他忽然熟练地跳上车，两脚蹬得飞快，骑着车一眨眼就跑没影了。

车站面摊前，有个当兵的点了碗面，正要吃。水东清晃过来，张口就说：“你是解放军，我是水东清，面汤给我吃，你讲行不行？”当兵的忙站起来，把面碗推过去说："你吃，你吃。"

有一次，他身上穿着一条破裤子，在路边晒太阳，屁股破了个大洞，有人看见了，冲他喊"水东清，光屁股；水东清，不要脸"。水东清忽然回过头来，冲着骂他的人说："不管我柴仓，不管我米缸，管我布裤裆，你妈……"末尾一句是本地骂人的脏话，尾字同样押在韵上。

关于他的传闻有很多，他即兴编的顺口溜也流传了不少。如今，这人已经去世好多年了。他是个奇人。

爸爸过去的事情

小时候，喜欢听我爸讲他过去的故事。

我爸几乎是靠我奶奶一人养大的。我奶奶年幼时，被家人用一担谷换到我爷爷家，做了童养媳，但她却是一双大脚，没有缠足，从小在田间地头忙碌，思想解放，还成了镇上的妇女代表，我曾亲眼见过她的代表证。

听说我爷爷不事生产，脾气暴躁，成天在家中喝酒，喝醉了就打我奶奶和我爸爸。我爸虚龄19岁时，爷爷病逝，奶奶从此守了寡，我爸也辍了学。

那年征兵时，我爸就和几个年轻人偷偷跑到县城报名。当时，他身体孱弱，自己觉得只会读书，做不了农活，在家里就是个累赘，不如去当兵试试。

由于太瘦，体检时，我爸往衣服里塞了两块石头，体重还是不达标。验兵的人笑笑说："没事，到部队吃几天，就达标了。"

体检通过的那晚，他们住在县城的招待所，我爸兴奋得一宿没睡着，硬是把招待所的被子踹破了一个大洞。

奶奶中年丧偶，家中只有一个男丁，按理说我爸无须去参军，但他既然选择了这条路，奶奶也只是心疼，并没拦着。

我爸因为读过高小，在部队里算是知识分子，成了一名侦察兵，后来做到了班长。到部队后，吃的条件好了，他很快就长高长胖了。

排长有次来指点他的工作时，他不虚心，说自己懂的，不用教。如此一来，我爸在部队没能入党，这也成了他毕生的憾事。相比起来，我家隔壁的丽娅她爸书读得少，没什么文化，入伍后，做了一名普通的炊事员，并顺利入了党，分配进茶厂后，那道党员的光环始终让我爸觉得自己矮了一头。

我爸在分配时，有过一次选择的机会。问他要当干部还是工人，我爸选了当一名工人。那时候，他觉得当干部没什么好，工人才是领导阶级。多年以后，他嘴里抿着老酒，笑着对我说："你爸下错了一步棋，可惜落子无悔了。"

在茶厂时，我爸曾被市里的中级法院借调过一阵子，做书记员，跟着法官到处审案子。当时我还在读小学，有时就能跑到法院去找他。走进庄严的大门时，心里倍感自豪。

可惜，他只是借调，最终也没能调入法院，还是在茶厂的窨花车间做一名普通工人，技术含量不高，但有时要搬搬扛扛，我爸年纪渐长，体力比不上年轻人，就有些落寞。

我爸喜欢看书读报，哪怕节衣缩食，也要订阅报纸。闲时，他还喜欢给广播站写点通讯报道，当他们的通讯员。

除了通讯外，他偶尔也喜欢写几篇别的文章。我念小学时，他还做过我的“代笔”。过年杀完鸡，他兴致来了，写上一篇。我和我哥就抄到各自的寒假日记里，一点没浪费。

我哥从小跟着奶奶，与我爸不太亲近；而我一直跟随父母，结果我的性格、兴趣和我爸一般无二。

我爸为人骄傲，我骨子里也有几分张狂。

我爸嗜酒，我便成了小酒鬼。

我爸喜欢舞文弄墨，我也开始对文字萌生兴趣。可惜，他的文字没能印成铅字，当我在报上发表处女作时，他以我为荣，比我还兴奋。

他有记账的习惯，我也有。小时候，家里有一本本厚厚的账本，他每天用尺子画线，写上日期，一笔一笔记录收支。每一分钱的来龙去脉，都记得清清楚楚。我妈很郁闷的是，说当年花了我爸5角钱，也被他记在账上，注明是零用。我爸容易纠结，我也遗传了他的性子。有时，他算账会算到半夜，因为有1角钱开支对不上了，最后，我从储钱罐里倒出1角钱给他，他把账轧平了，终于能安心去睡觉。如今，我也保留着记账的习惯，大钱小钱都记，只不过用的是理财软件，没有动笔。

我爸在世时，没享过什么福。日子过得俭朴，但不肯昧了自己的良心。当年，茶厂搞副业，把一大片桑树林砍了，改建成一个停车场，再把多余的房子搞成招待所。后来，我爸就兼顾两头，一边在车间上班，一边在停车场的招待所帮忙。有一回，有个跑长途的驾驶员粗心大意，把400多块钱塞在枕头下，忘了拿走。我爸清早去收拾招待所房间时，发现了这

笔钱。当时，没有第二人在场，也没有什么摄像头，他却二话没说，主动向上面反映了这件事，再通过住宿登记的情况，辗转找到了那个驾驶员，把钱还了回去。

那天，我爸骑车接我放学，到丽阳门时，特意把自行车停下来，叫我听广播。旁边电线杆子上的那只喇叭正在播放一条通讯，夸我爸爸拾金不昧的事迹。

我问我爸，这是谁写的呢，写得真感人。

我爸得意地指指他自己。

我咯咯地笑，对他说："老师说了，学习雷锋，要做了好事不留名，你怎么还王婆卖瓜呢。"

我爸毫不脸红，大大咧咧地说："雷锋写日记，我写通讯，性质差不多。要是做了好事真不留名，也就没学习雷锋这回事了。我在广播里说这事，就是想让人家向我学。人人都肯做好事，社会风气就坏不了。"

我爸真是个明白人。

洗西瓜

我妈最风光的时候，是在茶厂斜对面的农机站做了一名司务长，负责分发和售卖饭菜票，还有自己的办公室。

暑假时，我便常到我妈这儿蹭午饭。她蒸了饭盒，在食堂买两个菜，拿到办公室里，和我分着吃。站里的厕所位置很偏僻，我妈找了个塑料盆，我尿急时，她就掩上门，叫我就地解决，她再端出去倒掉。

我妈一直说我是猪八戒投胎，吃西瓜不要命。正赶上有3分钱1斤的西瓜，她买了一箩筐，搁在办公室里，还没拿回家。我去吃午饭时，先切了个给我吃。我拿汤匙舀着吃，一口一口，很快把整个瓜都吃完了，肚子塞得圆滚滚的，隔几分钟就想上厕所，哗啦啦，全尿在那个塑料盆里。

吃饱西瓜，我饭也吃不下了，捧着肚子回了家。

我刚走不久，食堂里烧饭的女人上来，找我妈聊天，我妈便从筐里又摸出个西瓜，用来招待她。见瓜皮上粘了点泥，我妈打算拿到楼下的水龙头那里冲洗一下。

那女人嫌麻烦，指着地上说，你这不是现成有半盆水吗，放盆里随便洗一洗就行了。

我妈不好说那是我的童子尿，尴尬地摇头："水脏的，不干净！"

女人不以为然，从我妈手里抢过西瓜，塞进盆里，说：“这水蛮清的嘛，有什么不干净的，你这人太讲卫生了。”

我妈眼睁睁地看着她一双胖手在尿盆里搅来搅去，把瓜皮洗得绿绿的。

女人自己切了瓜，拿起一块就啃，还招呼我妈快吃。

我妈如坐针毡，忍着恶心，拿起一块瓜，象征性地咬了两口。那女人不明所以，一口气就啃了好几块，连说我妈这人太斯文，吃块瓜都这么细嚼慢咽。

晚上回到家里，我妈对我说：“你那盆尿还真清，看不出来，也没闻出味儿，不过把我恶心的，午饭差点全吐光。”

玉米饼

我妈说我这人从小就挑食，喜欢的菜，饭能吃三碗；不喜欢的，就“剩槽”。

其实，小时候也没几样能让我挑的，我喜欢的，无非是米饭和荤菜；讨厌的却有很多，除了萝卜青菜外，还有当作主食的番薯丝饭、玉米糊等，特别是玉米饼，尤其讨厌。那时还没有甜玉米、糯玉米，农民种的都是饲料玉米，煮起来淡而无味，磨粉做出来的玉米饼，硬邦邦的，口感粗糙，难以下咽。

不久前，在酒店偶然吃到一盘点心，色泽金黄，香脆可口，一块块薄薄的，形似锅巴，特别好吃，一问之下，说是“玉米饼”。这名字，一下唤醒了我童年的记忆，我不禁叫出声来：凭什么这叫玉米饼？这么好吃的东西也叫玉米饼？

有志少年

学校发下来一张表格，让大家填“我的理想”。我挺纠结的，不知填什么，不是没理想，而是我的理想相当泛滥。

起先觉得当主席、当总理挺光荣的，跟我哥说：“将来我们一个当主席一个当总理吧。”我哥说：“好啊好啊，我当总理，你做主席。”我想，凭什么你当总理啊，我也要当，你只能做主席。两人打了一架，结果我输了，哭着把总理的宝座让给了他。

填表格时，我爸说不能填主席，也不能填总理，要填点实际的。我认真地想了想，这个志向并非难以实现，将来等我有了孩子，直接起名叫“某总理”“某主席”，户口本一登，白纸黑字，谁敢说不是。

爸爸说：“学科学，学文化，首先，你应该争取成为一名科学家。”我点头，填上“科学家”。

我爸又说：“你数学好，考试都是100分，将来可以做一名数学家。”我又点头，在“科学家”后面填上“数学家”。

我说：“我语文也不错，我想当语文家。”正要填上，我爸皱眉说：“不对，得说是文学家。”

最后，我的理想是：文学家、数学家、科学家。其实我还想多填几个家的，表格不够宽，只好作罢。

表格交上去后，发现同学们有的填医生，有的填解放军，还有的填警察叔叔，只有我填了一堆“家”，像是过家家。

其实，我是很认真的。真心以为，长大后，必然能成为一代大家，不论是科学家、数学家，还是文学家。我还听说，北大、清华是最好的大学，就经常想，将来到底是上清华还是上北大呢。

长大后才明白，是我想太多了。

超人

我的偶像有很多，按出场次序，依次是雷锋、周总理、鲁迅……看完美国电影《超人》后，超人就成了我的新偶像。

我穿上我哥的蓝色运动服，系好婴儿时用过的大红棉斗篷，想来想去，觉得有点美中不足，又从衣柜里翻出我妈的一条红裤衩，套在运动裤的外面。

武装完毕，我抬着胳膊“飞”到外面，想找个地方“锄强扶弱”。

可惜，还没容我出大院，就引来井台边的一串笑声。洗衣妇女之一我妈，红着脸飞奔过来，将我直接拖回了家。

我出师未捷，哭着卸下一身行头，“超人”直接成了“丢人”。

吃饭的速度

吃饭问题曾是很多人生活中的头等大事。幸福不幸福，衡量标准首先是能不能吃饱饭。因此，关于吃饭的一些人和事、快与慢，也能让我记忆至今，想起来就好笑。

见过吃饭最快的人，是我哥的一位同学。

那个男生，有一回在我家吃饭，端起饭碗，风卷残云，让我目瞪口呆。我妈给各人打好饭，他端起碗，连扒带倒，嘴里呼呼作响，一眨眼的工夫全咽进肚里。我刚伸出筷子夹菜，还没开吃呢，他已经把碗放下了，里面空空如也，半粒米也没剩，我妈只好又给他添了一碗。他也不客气，端过饭又开扒，连扒三碗，心满意足地抹抹嘴，说："我饱了，你们慢慢吃。"这时，我才吞了没几口饭，眼珠子都不会转了。

见过吃饭最慢的人，是我的姑妈。

我只有一位姑妈，那时，她常会从乡下搭公交车过来，送些番薯、毛芋什么的给我们，再小住几日。吃饭时，我爸总是先招呼她，等她吃了近半小时，我们全家再坐下来慢慢吃，等我们全家都吃完了，我跑出去玩了一圈回来，我妈把锅都刷完了，姑妈还在吃，并且还是在吃第一碗。看她吃得很认真、很卖力，并非有意拖延。这让我忍不住怀疑，她的饭是一粒一粒数着吃的。

而到她回去的那天，因为要赶车，她就不肯吃早餐，生怕来不及。我爸不依，怕她路上饿着，凌晨就熬好粥，让她坐在桌边慢慢吃。等我们兄妹俩起床，刷牙洗脸后来吃早饭，吃完了要去上学，她还在往嘴里扒稀饭，才吃了半碗。最终，我爸骑车带她去车站时，碗里的饭还是没吃完。

姑妈是个很勤快的人，在家中，是当成壮劳力使的，家里的活她不太会做，却在村里的砖厂摔泥坯、打土砖，非常辛苦。早上她来不及吃，索性不吃，中饭也省了，一直到晚上回来吃一顿。她手里端一碗饭，夹些菜，就串东家、走西家，整个村子晃悠一圈，这碗饭才算吃完了，再把空碗端回来。这一圈下来，也得两三个小时。

我哥的那位同学，不知近况如何，不知吃饭是否依然快如闪电。我姑妈虽然还是慢，却早就不打砖了，住进儿子盖的楼房，身上戴了好多金饰，也不再端着饭碗满村子转悠了。

两姐妹

和丽娅打赌。她认为，她和她妈是姐妹关系，我说不是。两人争执半天，谁也不服谁，我嘿嘿冷笑，跟她赌了一颗弹珠。于是，丽娅一脸兴奋，冲她们家厨房大喊：“妈，妈，我和你是两姐妹，没错吧？！”

就听“砰”的一声，她妈把吹火筒扔出来了。

集烟壳

我曾经收集过很多烟壳，这缘自我哥。

那时的烟壳大多是软包装。有天放学回来，我哥书包里忽然滑出一样东西，我爸捡起来一看，是个皱巴巴的大前门烟壳。

我爸火冒三丈，抬起巴掌就要扇过去，我哥抱着头分辩说："我没抽烟，这是捡来的！"他边说，边从书包里倒出几个。原来我哥班里有不少男生都在收集烟壳，把里面一层锡箔纸丢了，只取外包装，展平后，夹在书里。那天有人送了一张"凤凰"给他，他不甘人后，就在回家的路上捡了几个，踌躇满志地要集烟壳了。

不论集邮还是集烟壳，我爸都视为陶冶情操的事。他不但没反对，还以实际行动表示对我哥的支持。他自己不抽烟，就问抽烟的同事要，下班后，带一两个烟壳回来。

我妈起初反对，后来我哥不知从哪儿听来的消息，说有人捡到一张很稀有的烟壳，卖给收藏家，赚了1000块钱。那时的1000块钱简直是天价，何况还是白捡的。这条无本万利的致富之路，我妈决定力挺。她隔三岔五也捡几张回来，问我哥是不是珍稀品种。

除了捡烟壳外，我哥还会去打烟壳，这不但是小孩热衷的娱乐活动，也是收集烟壳的方法之一。

打烟壳的“本钱”，是自己收集重复的烟壳。把烟壳折成四角包的形状，约上几个小孩，围在一起玩。先比烟壳大小，“大重九”大于“红牡丹”，“红牡丹”大于“红西湖”，“红西湖”大于“蓝西湖”，“蓝西湖”大于“利群”，“利群”大于“大前门”……似乎大小和烟价高低是挂钩的。出大的那一方有优先权，几人轮流甩出四角包，如果烟壳落地时扇起的风将哪张烟壳翻过来，被翻的烟壳就归自己了。

这种竞技，我跟在我哥屁股后面，跟别的孩子玩过几次。每回打完烟壳，都是一身泥，回家免不了挨我妈一顿揍。但若正巧赢了几张烟壳，屁股痛就不算什么了，兄妹俩吃饭时眉来眼去，很默契地窃笑；但若是输了回家，我就惨了，不但逃不过我妈的惩罚，连我哥也会化悲痛为拳头，打我几拳出气。

夏日，我哥要去奶奶家过暑假，我仍留在城里。临走时，我哥说乡下抽旱烟的多，烟壳少，怕是不好捡。他千叮咛万嘱咐，叫我替他集烟壳。

受人之托，忠人之事。我每天都在天宁寺一带穷溜达，眼睛死盯着路面瞧，看到有烟壳，就眼疾手快地捡起来塞进口袋，生怕有人跟我抢。丽娅起初以为我想捡钱，弄明白后，问她哥要来“红塔山”和“阿诗玛”的烟壳，送给我，真够意思。作为投桃报李，我送了些烟壳里的锡箔纸给她，用来包纽扣。衣服上的扣子包上锡箔纸后，全部亮闪闪的，很漂亮。

我把收集到的烟壳小心拆开，压平了，都收进一只空鞋盒里。一个暑

假下来，鞋盒已经装满了。我美滋滋地想，等我哥看到这么多战利品，说不定会乐坏了吧。我得借机跟他谈条件：到过年都不许打我。

暑假结束，我哥回来了，我兴冲冲地向他邀功。那些堆积如山的烟壳，我哥只看了一眼，懒洋洋地说："我已经改集洋火壳（火柴壳）了。"

猪油渣

临近过年，我爸从屠宰厂买来不少猪板油，我们习惯叫作“皮膘”。

爸妈在老式灶台前忙活，把皮膘切成块状，码到铁锅里，加一碗清水，把灶火烧旺了，熬开。我曾问过为何要加水，我妈说，那是怕肉块突然受热变焦。水开后，再把柴火退掉一些，改用小火慢慢熬。这时候，锅里的水慢慢消失，而油就慢慢出来了。最后，那些皮膘块缩得很小，色泽也变成微黄，成了猪油渣，用滤勺捞起来，搁在一边滴尽油，再码到大钵里。

整个厨房里弥漫着浓郁的猪油香。

家里熬猪油的场景，我见得多了，不以为意，但对油渣，一直难以抗拒。这回是熬油熬得最多的一回，显而易见，猪油的衍生品油渣也少不了。

猪油盛在瓦罐里，第二天，就成了白色的冻胶状。要炒菜时，用干净的汤勺或筷子挖出一块，划到热锅里，吱吱作响，香味四溢。有时候家里没菜，我也会挖一勺猪油，直接拌进饭里当菜吃，吃得满嘴流油。

每次弄好的油渣，都用大钵贮存起来，炒青菜时，扔几块进去；泡紫菜汤时，也扔几块进去。油渣遇水胀开，有点像泡开的油条，但能吃出一点肉味。这些猪油渣熬得不是很老，渣里还残余一点猪油，放油渣时，炒菜就不用放油了。

装油渣的大钵搁在桌头，触手可及。趁大人不在眼前，我和我哥把油渣当成零食，你一把，我一把，直接塞进嘴里，又香又脆，很有嚼头。

吃到打饱嗝时，我劝哥哥见好就收，别吃撑了。他却吃得正欢，不肯罢手，我也只好舍命陪君子，生怕被他一个人吃完，自己就亏大了。

在我俩的共同努力下，不到半天，满满一钵的油渣直接见了底。等我妈发现已经晚了。兄妹两个胃里早就塞满了油渣，嘴里全是油。

那次，兄妹俩吃油渣吃出了后遗症。我哥只肯吃菜油或茶油，闻到猪油就反胃；我比他强一点，猪油拌饭照吃不误，只是很多年都见不得一块油渣，看到就想吐。

那时的光与影

如今，电影票价越来越贵，但想看的片子，还是会掏腰包，就算不去影院，也有家庭影院，还有网上诸多免费的大餐，不看白不看。但是，看过也就罢了。回想小时候，光与影带给我的冲击，却几乎是一种幸福感。

每年春节，我爸都会给全家安排一项福利，就是买票看电影。那是我们很隆重的活动，片子不论大人小孩，有什么看什么。看得懂的，看不懂的，都看得津津有味。

童年看过的电影，印象深刻的有《孔雀公主》《樊梨花》《精变》《五女拜寿》《白发魔女传》，还有印度片《大篷车》。

我和我哥各有一句口头禅，我哥的是“孙悟空是有棒的”，大概是看了《三打白骨精》；我的是“嘀嘀叭叭呜”，大概是看了哪部有小汽车的电影，让我觉得新奇。

当我还在襁褓中时，数九寒天，我妈抱着我，丽娅妈妈抱着丽娅，两家人一同去看电影，票子是厂工会发的，不知是什么主旋律的影片。没想到在门口却被拦住了，检票的是担心看电影时，我和丽娅会哇哇啼哭，影响别人。

我妈好说歹说，磨破嘴皮子，检票的也没放她进去。当时，我在她怀里呼呼睡得正香。最后，两个做父亲的舍不得票子，坚持进去看了。两个当妈的扔不下手中的娃，只好抱着我们，冒着刺骨的寒风，一路骂骂咧咧，深一脚浅一脚，慢慢走回了家。

我稍大一点，能进电影院了。有一回，我们坐在楼上那层，看到一半，我憋不住了，想去厕所。厕所却在底楼，我妈怕领我去厕所时错过情节，眉头一皱，计上心来，叫我蹲在过道里悄悄解决，反正四周黑漆漆的。结果，我的小溪流顺着台阶流下去，滴到了底楼看客的头上……真正是"飞流直下三千尺，疑是银河落九天"。

很快，管理人员拿着手电筒上来了，在四周一扫，找到了瀑布的源头。然后，我们被罚了5元钱。我妈摸出贴身藏的5元钱时，那叫一个肉疼，当时电影票价不过几分或1角，我爸的工资收入每月只有二十几元，妈妈做临工也只有10来元。为了那泡昂贵的尿，我有半个月没吃到猪肉。

再大一点儿，我不会在影院里"发大水"了，除了春节，偶尔还能看几场电影。那时，我和父母还挤在厂里的单间宿舍，是在二楼。有一回，我爸快活地跟我们说，工会又发票子了，明天去看电影。我妈当时在楼下洗衣服，我兴奋地要跑下去告诉她，结果一脚踩空，从楼梯上滚了下去。我眉毛上的一道小疤，大概就是当时磕到台阶上留下的。

家里搬到天宁寺后，有时就能沾到农村的福利，村里会出钱请人来放电影。到了晚上，晒谷场上人山人海。我几乎一场不落。只有放《画皮》那天，听说很恐怖，少儿不宜，就没敢去，只便宜了我哥。他回来告诉我，回家一路上觉得路两边都是鬼影。我想幸好没去看。很多年后补看《画皮》，觉得不过如此，远不及后来拍的许多片子恐怖。

最有勇气的是，小学毕业大考的头一天，我冒着被大人揍的风险，偷偷跑去晒谷场，一晚上连看三场电影。晒谷场上人山人海，不像电影院里对号入座，大人就算想来找我，也是大海捞针。

半夜12点钟，散场回到家，我爸怕影响我的毕业大考，忍着没发火，只叮嘱我快点洗洗睡。

第二天一早去考试，语文和数学总分200，我考了190多分。我欠下的板子便不了了之，就此逃过一劫。

给我尝一口

我和丽娅在大院里玩，她妈给她洗了个山东苹果，我看见了，有点馋，也跑回家让我妈洗了一个。

两人一块吃着苹果，旁边有个大人过来逗我们。

“小朋友，把苹果给我尝一口，好吗？”

丽娅把头摇得跟拨浪鼓似的。

我把咬了几口的苹果慷慨地递过去。

那人欣慰地笑了，说：“小妹妹真乖，真懂事，你自己吃吧。”

我也笑了。可不是吗，我比丽娅懂事，明白大人不会和我抢吃的，有人问起，就主动让一让，吃的东西跑不了，还能得到褒奖，何乐而不为呢？

这都是我妈教我的，屡试不爽。

有一回，我妈给我买了串糖葫芦。我爱不释手，举着糖葫芦，在天宁寺村里游荡，时不时舔上一口，酸酸甜甜好滋味。

有个中年妇女在她家门口腌咸菜，见我拿着糖葫芦晃过来，开口逗我：“小朋友，糖葫芦给我尝一口，好吗？”

我把糖葫芦慷慨地递过去。

那女人二话不说，一口咬下去，吃掉我一颗大山楂。

我愣住了，半天才反应过来，委屈地哭了。

过酒瘾

父亲好酒。我只有两三个月大时，尚在襁褓之中，他就用筷子蘸酒喂我，我的酒龄从那时就可以算起了。

稍大一点，我就凑到大人碗里抿一小口。到六七岁时，我已经拿着酒碗，和大人一起坐着饮酒了。

渐渐地，我喝酒喝出了水平，喝上了瘾，小小年纪，酒量闻风见长。混酒易醉，我不醉，经常混着酒喝。但平时家里有限酒令，倒给我多少算多少，不能尽兴，只有过年时，才能让我过足酒瘾。

有年除夕，我喝了家里酿的半斤黄酒，再喝了半瓶葡萄酒，又喝了一瓶半啤酒，心满意足，到外面逛了一圈，然后回家看春晚。

三鞭啤酒

有一回，爸爸的一个朋友分给他一箱啤酒。

听说那人有亲戚在医药公司上班，走后门买了几箱酒，比普通的啤酒贵，是补酒。

那酒的名字叫三鞭啤酒。我不懂什么叫“三鞭”。我爸看着啤酒标签说，是牛鞭、狗鞭、猫鞭。

我爸喜欢喝，我妈嫌弃，说酒里有股子尿骚味，抿过一口就不肯再喝，于是，便宜了我和我哥。没多久，我们就喝完了那一整箱，喝得不亦乐乎。

那时，感觉口感还不错，和平常买的啤酒稍有区别，还在班里跟同学炫耀：“我喝过三鞭啤酒，你肯定没喝过。”长大后，那个悔啊。老爸还自诩文化人，怎么就不拦着我呢，让我喝了那么多壮阳酒。

难怪我长大后，嗓音变得雌雄莫辨，偶尔在电话里，人家还以为是男的。

当我开口唱梅艳芳的《女人花》时，人人夸我唱得逼真。我得承认，那不含技巧，只是本色。

幸好，除了声音外，别的男性特征在我身上尚未发现。

啤酒
啤酒

有朋友说，第一眼看见我，觉得挺清秀的，一开口，完全颠覆形象，叫人大跌眼镜。后来良心发现，安慰我说，美女声音粗，挺正常的，比如周迅。

神秘的万元户

时光倒退30年，“万元户”还是个很令人艳羡的名词。

那时，我爸月工资才几十元。米价是1.4角/斤，我爸去粮管所买米，有时会买1.44角/斤的，比普通米贵4厘钱，听说那可是好米。

谁家要是有1万元存款，那就是正宗的富人了。

茶厂搞副业建停车场时，让厂里的职工去承包，我妈怂恿我爸去，我爸胆小，没敢揽，结果被萍萍她爸承包了。

很快，萍萍爸的钱包鼓了，腰板直了，三天两头去银行。厂里的人看见了，都红着眼睛说：“瞧，又去存钱了。”

然后，萍萍爸就成了公认的万元户。

这个，其实是可以考证的。当我们刚摸着14寸黑白电视机时，他家已经有了17寸大彩电；在我们还以大“永久”而自豪时，他第一个买了摩托车，骑上了雅马哈。

那辆摩托车在自行车堆里太扎眼，以至于他去银行，就更容易被人发现。

很长一段时间，我们就管萍萍爸叫“万元户”，“万元户”几乎成了他的代名词。

然而，万元户和普通百姓是有距离的。用我哥的话说，“高手总是寂寞的”。

每当夜幕降临，大院里人声鼎沸，很热闹。几家大人聚在走廊的路灯下，摆好桌椅打一轮扑克。流行的打法是红五，从“2”打到“A”，一圈人围观，指指点点，很热闹，看的人比打的人还急。离得稍远一点，有人会摆开龙门阵，下象棋，旁边看的人不能吱声，这叫“观棋不语”。

这些人中，不包括萍萍爸。富起来之后，他就成了一个神秘人物，晚上待在家里，足不出户，不再出来打牌下棋侃大山，也没有人去约他。

临睡前，一家人去井边打水洗脚，我看着萍萍家透出的灯光，问我哥：“万元户一家人天天闷家里，玩什么呢？”

“能玩什么，当然数钱玩呗！”我哥很肯定地说。

无肉不欢

小时候挑食，喜欢的菜多吃，不喜欢的碰也不碰。其实，物质匮乏的年代，也没几个菜好挑的，无非是挑瘦肉吃，对青菜视而不见。那时，我无肉不欢，仍然骨瘦如柴。不承想多年以后，当我爱上吃青菜时，腰里却开始长横肉了。

我和我哥是餐桌上的仇人。一看到桌头有肉，两人就“仇人相见，分外眼红”。为了抢肉吃，曾失手敲破瓷碗，被大人揍，还是屡教不改。家里盘子少，盛饭盛菜都用碗，大小不一，花纹不一，敲破一个买一个，碰到补碗匠，还能用钉子补好了继续用。

吃肉要比动作快，“吃着碗里的，想着锅里的”，这种思路还跟不上我家的节奏。我们是饭里藏一块，用筷子夹一块，眼珠子还盯着碗里的肉。有时，夹到后面，菜碗里还剩一块肉，兄妹两双筷子争先恐后伸到碗里打架，谁也不松手。最后，我妈会骂上一句，拿她的筷子把肉划成两半，我俩二一添作五，这才“鸣金收兵”。

有时候，兄妹俩想将整大碗的菜据为己有，就各出奇招。

我哥的招数比较恶心，趁我不留神，把菜碗拉过去，往里面“呸”一记……等于宣布了那碗菜的主权，因为我们都不敢再吃。我爸有时会赏他一记栗暴，他也不怕，头皮痛不会少块肉，碗里却能多几块现成的。我也不是省油的灯，我会不动声色地拉过菜碗，把自己没吃完的饭一股脑儿倒进去，把菜全埋了，再用筷子搅几下，就全归我所有了。我哥也只好干瞪眼。

外婆拉灯

这件往事是听我爸转述的，并非我亲历，大概那时我还很小，或者还未出生。

外婆生了很多孩子，养活的有六个，三男三女，我妈排在末尾。外婆和外公随着大舅舅长住在深山里。她头一回来我家时，看见头顶上吊着的电灯，觉得很稀罕，说，到底是城里好，洋油灯也省了，还不呛鼻。

那时候，电灯是用拉绳开关的。一拉，灯开了；再一拉，灯灭了。

电灯的拉绳长长的、软软的，挨着墙，垂在门边。为了方便，我们会把绳子接得更长，一头绑到床杠上。这样，夜里睡觉时，躺在床上伸手一拉，灯就灭了。

晚上外婆要进屋睡觉，里面黑灯瞎火的，我爸忙冲她嚷："妈，拉灯啊。"外婆不知怎么拉，爸爸又比画着说："把绳子拉下来！"

外婆听明白了，在门边伸手摸了一阵，用力一拉，"啪"的一声，灯亮了。外婆没进屋，又踮着小脚走到天井，问我爸："绳子怎么办？"

"什么怎么办？"爸爸听不明白。

外婆晃悠着手中的一大截灯绳，问："拉下来了，搁哪里啊？"

工人的后代

我出生在江南，家乡山清水秀，曾是个小县城，随着时代的变迁，升为县级市，再后来，撤销行署建制，成为地级市，市中心建了区。我亲历了这一切。

童年时代，我跟随父母搬到城郊一个叫天宁寺的村子里，一待就是十几年。

我们不是村民。

我爸退伍后，分配到国营的茶厂。20世纪80年代初，茶厂还很赚钱，赚了钱就给职工谋福利，在天宁寺征了块地皮，盖了两幢二层小楼，分给厂里的工人住，每个月在工资里象征性地扣一两块钱房租。起初都是两户合住一套，工厂后来在别处也征了地皮，建了更高档的宿舍楼，当干部的就先搬走了，留下来的也分散开，一户占了一套。等资历老了，又换更大一点的。那十几年，我们搬了几次家，都没离开天宁寺，只是从这套房换到那套房，从1号楼换到2号楼。

宿舍楼的周围砌了围墙，算是和村子隔开了。

砖墙包围的两幢楼在当时的村落中还是比较显眼的，仿佛那一圈围墙就是农民阶级和工人阶级的分水岭。

在村子里大部分还是泥泞小路时，一条水泥路已经蜿蜒曲折，从茶厂贯通到我们宿舍楼。而且，在通上自来水之前，厂里给职工打了水井，建了水塔。

厂里倚着院墙，建了个红砖黑瓦的公共厕所。

村里没有像样的厕所，只有俗称“茅坑”的茅房。这不是叫法的区别，而是质的区别。

茅坑，简易型的，是底下一口大缸，上面两块木板；标配版的上面还有个木头坐圈。

村里的茅坑都没门，处在田间地头，光天化日，迎风拉屎。有的茅坑，有一左一右两个“座”，男女还能相邻而“坐”，各占一方领地，拉半天，聊半天。

我们的公厕，彻底划清了男女界限，达到了非礼勿视的境界。男人一个坑位，女人两个坑位。但来上免费厕所的人多了，坑位很明显供不应求，家家户户还是备着马桶。

每天早上，我们大院里会一字排开十几只马桶，新旧大小颜色不一，有人会推了粪车过来，替我们倒马桶，收走粪，去做农家肥。大人们再去认领自家的马桶，到井边打了水，把马桶洗刷干净，拎回家。有时，倒马桶的人不小心，或者是别的原因，马桶会出现渗漏，只好重新箍。这时，痰盂临时取代了马桶的工作，它的好处得以体现，不会渗漏，但容积太小，杯水车薪。

吃了没

“吃了没”这句话很有时代烙印，是我小时候听过用过最频繁的问候语。

逢人见面打招呼，都是这三个字。物质贫乏的年代，吃，理所当然是人生的头等大事。

当然，吃了就得拉。白天，我妈要我们到外面解决内急，因为如果都在马桶里拉，屋里太熏人。

但我最烦去大院里的厕所，因为客流量大，出来进去容易碰到人，碰到了还一个个轮流问：

“吃了没？”

“吃了没？”

“吃了没？”

手起刀落

搬到天宁寺后，我妈托人在村里找了位婆婆，白天帮忙照看我。

婆婆家里种着几亩田地，还喂了几头猪。田里的活主要靠她男人，她的活主要是喂几头猪和照看我。

有时候，婆婆把我一个人扔在家里，自己去地里扯番薯藤，扯回来一大筐一大筐的。我坐在门槛上，看着她站在灶台前，将整筐的番薯藤一把一把扯到砧板上切碎，用清水煮熟了舀去喂猪。

手起刀落，咔嚓咔嚓，干净利落。我崇拜地看着婆婆，觉得她拿刀的样子威风凛凛。

趁婆婆去猪圈喂猪，我挪了条小板凳垫脚，去拿灶台上的菜刀。菜刀很沉，我几乎拿不住，就两只手合力握住刀把，奋力拎了下来。

左顾右盼，没找到能切的对象。灵机一动，我走到门槛边，把菜刀扔在地上，动手脱袜子。

脚上的袜子新新的，妈妈昨天买的，一早刚给我换上，浅绿色，上面带点小花纹，看起来和番薯藤差不多。

我果断地脱下两只袜子，一起搁在门槛上。

没有番薯藤，我有袜子；没有砧板，我有门槛。

当婆婆喂好猪回来时，我正骑在门槛上，双手高举菜刀，一刀一刀，剁得起劲。婆婆两步并作一步，跑过来抢下菜刀，一看，新袜子早被剁成破烂，门槛也被剁出几道缺口，菜刀的刃也卷了边。

事后，婆婆很心疼她的菜刀，因为要找人磨了；妈妈很心疼我的袜子，因为还是全新的呢。爸爸倒是说了句人话：好险，要是剁到囡的手怎么办？

吃完苹果找爸妈

4岁那年夏天，我差点走丢了。

从小，我哥跟着奶奶住在乡下，我被接到城里，和父母一起住。我爸隔一阵子会回一趟乡下。为赶早上5点半的客车，妈妈凌晨3点就得起来，烧火做饭。

4点半左右，我爸吃好早饭骑车去车站，我妈坐在车后座上跟着去。到车站，送了我爸上车，我妈再把车骑回家。

通常这个时间，我还沉睡在梦乡。直到早上起床，妈妈才会告诉我，爸爸回老家去了。

有一回，偏偏我中途醒来了，见爸妈进出忙碌，以为是上半夜，他俩还没休息，便喊了一声，问我妈什么时候睡觉。

我妈见我醒了，就洗了个苹果给我，什么也没说，只叫我乖乖吃完睡觉。

我拿着苹果啃啊啃，啃得差不多了，手里捏着苹果核，张口叫妈妈，叫了半天没人应，又叫爸爸，还是没人理。

隐约记得，我身上套着男式的海军衫和短裤，都是我哥的。我哥长我2岁，穿剩的衣服都给我接着穿。我一骨碌爬下床，走出房间去外面扔

苹果核。外面的门弹子锁扣着，我扭锁开了门，走到外面，发现对面的整排小厨房，包括我家的那间，都是黑漆漆的，没有一点灯光，爸妈不见踪影。

我四下里瞧，楼上有户人家，灯是亮的，难道爸妈去他们家了？我噔噔噔跑上楼，去敲那家的门，口里喊着“爸爸——妈妈——”，没人应我。

我又跑下楼梯，四下张望，看见2号楼最西面的灯还亮着。那是萍萍家，难道我妈去找她妈打毛衣了，我爸去她们家看电视了？这么想着，我又一路狂奔，跑到萍萍家楼下，大声喊：“爸爸——妈妈——”还是没有回音。过一会儿，楼上那灯“啪”的一下就灭了。

四周漆黑一片，我吓得哇哇大哭，哭声穿透寂静的夜幕，有点瘆人，有点像母猫发情时的叫声。

一边哭，一边借着自己的哭声壮胆，我鬼使神差地走出大院的围墙，走到外面的公路上，一路哭喊着“爸爸——妈妈——”。

外面的路黑漆漆的，恰是黎明前的黑暗。

走出一段路，有人骑着一辆自行车从对面过来，“吱”的一声在我面前停下了。骑车的人关切地问我：“小朋友，你家大人叫什么名字？你家住哪里啊？”我一听那人的声音，哇地哭开了……那人不是别人，正是我妈。

我妈终于也认出了我，手忙伸进自行车篓，抓出热腾腾的油条来哄我，说她送我爸去车站了，问我怎么不睡觉跑出来了呢。

我吃着油条，慢慢止住了哭，人还一抽一抽的。

我妈把我抱到自行车上，准备带我回家，嘴里却嚷嚷起来：“呀，你裤裆怎么热乎乎的，湿透了啊！”

大永久

爸爸有一辆28寸的大永久。

那年代，自行车是最重要的代步工具。“永久”和“凤凰”当仁不让，是自行车中的两大高档品牌，深入人心，而我家居然拥有两者之一，走在时代前沿，这让我倍感自豪。

哥哥住在奶奶家时，我一度以为自己是光荣的独生子女。一家三口出门，爸爸骑车，妈妈坐在后座上，前面的三脚架横梁则是我的地盘。不过横梁坐久了不舒服，爸爸就给我买了个活动的儿童座板，固定在横梁上，我就有了自己的专座。

爸爸很爱惜大永久，每天晚上都要擦一遍。他在地上铺块毛巾，把车倒置过来，让车座倒扑在毛巾上。端盆水，先把挡泥板上残留的泥水洗刷干净，再一手拿抹布轻轻压住车轮钢圈，一手摇动脚踏板。车轮一圈圈转动时，钢圈渐渐被毛巾擦得锃亮。擦完钢圈，又将轮子上的发条全部擦一遍。擦完发条，最后擦车身。

无论是我妈，还是我们邻居，对我爸的这种行为都很鄙视，我爸却乐在其中，可以花上整整一个钟头擦车、抹机油、检查气门芯。

骑了好几年，爸爸的大永久还是很新，像买来没几天一样。车漆完好，轮子的钢圈仍然亮亮的，发条也没有半点锈迹。

那时候偷车的人少，偷零部件的人却多。爸爸带我上街，锁好车，就把车座拆下来，把车铃盖也拧下来，用袋子装了走人。

有一回，爸爸带我去一户人家吃饭，他把车停在公用车棚里，照例把车座和车铃盖拆了，用袋子装好，拎在手上。一敲开主人家的门，主人热情地迎出来，一把抢过那袋子，嘴里埋怨我爸："你看你，来就来，拎啥东西呢！"

偷吃麦乳精

从小，我面黄肌瘦，只长个子不长肉，父母的熟人看见了总说我营养不良。其实我爸一直变着花样买营养品给我吃，比如炼乳、葡萄糖、双宝素口服液。我最爱的还是麦乳精。

不比有钱人家买的铁罐包装，我家的麦乳精都是塑料袋装的，买回来之后，倒在一个玻璃瓶里，盖子拧得很紧，怕受潮。

每天，爸妈会给我冲泡一碗。这个活我喜欢叫我爸干，他泡的麦乳精比较稠，调开了有一股浓浓的乳香，喝起来也甜滋滋的。我妈给我泡时，为了节省，每次只肯放一小勺，调开之后几乎能照出人影，喝起来寡淡无味。

大人怕麦乳精受潮，我却求之不得，因为结了块的颗粒特别好吃。每回看到瓶里面结块了，就央求我妈挖给我吃。妈妈也怕整瓶潮了，便用勺子挖出结块的那些，塞进我嘴里。我抿住嘴唇，让麦乳精慢慢在口中化开，一种甜甜的滋味顺着喉咙缓缓滑进肚子里，流到心里，整个人像泡在糖罐里一样。

趁大人不注意，我常偷吃麦乳精，抓一把塞进嘴里嚼，干着吃，咯吱咯吱的，味道比用开水泡的强多了。这是我最喜欢的吃法。有时，我会倒一些到碗里，就加几滴开水，搅拌一下，浸湿麦乳精，又不化开，也是一种美味。

妈妈发觉瓶里的麦乳精少得快，总埋怨爸爸泡多了。爸爸只好在泡麦乳精时，少搁一小勺，这样泡出来的更不如干嚼好吃了。但背着妈妈，爸爸对我说，麦乳精吃太多了，小心蛀牙。事实证明他的话是对的，后来我真的有了蛀牙。

偷吃的事情有其一就有其二。有一回，我又去偷吃麦乳精，谁知那天瓶盖拧得特别紧，我把瓶子放在桌上，一手扶着瓶身，一手捏着瓶盖，使劲拧，拧了老半天没反应，又学大人的样，拿毛巾捂住瓶口拧。一咬牙，终于拧开了瓶盖，但玻璃瓶也被我顺手打翻了，幸亏抢救及时，没摔到地板上，好险，但麦乳精已经洒了一地。

丽娅她妈恰好经过窗外，目睹了接下来的一幕，眉飞色舞地跑去跟我妈说：“你囡是有多饿啊，在屋里趴着舔地板呢……”

体面的假领子

我爸在大城市当过兵，退伍回来分配，参加工作后，在着装方面仍然爱干净、讲体面。

在他的衣柜里，假领子就成了不可或缺的一部分。

那年代，假领子算是挺时髦的玩意儿，曾经风靡一时。哪怕是数九寒天，我爸在外人的眼里也是一件外套、一件白衬衫。其实，他里面不论穿了几件，都会在外面穿戴一件假领子，然后套上绿军装或中山装，扣上风纪扣。那假领子露在外面一丁点便可以假乱真，仿佛外套里面只穿了一件挺括的的确良白衬衫，整个人神采奕奕、风度翩翩。

假领子不完全只是领子，它还有前襟、后片，也有两三颗衬衣扣，露出的衣领部分完全与衬衣相同。反正没有人会把你的外衣扒下来，这种风度就可以维持到家里。晚上睡觉前，把外衣脱了，再脱假领，之后再脱毛衣——那毛衣是用旧毛线拼拼凑凑织成的，极有可能一只袖子的颜色完全不同——最里面的棉毛衫也有好几个破洞。我爸身上最破烂的是一件白色棉背心，晾在衣架上时，我曾卖力地数过一遍，大大小小居然有七十几个洞眼。可他一直不舍得丢，说反正是穿在里面的，没关系。

那年头，谁的布票也不比别人的多，都是定量的。做不了衬衣，用零碎的布头做几件假领子，还是可行的。这叫穷则思变。不只是爸爸，周围有不少人也是如此，不论里面穿的什么，外面总要露一截挺括的白领子。

其实大家心照不宣，都知道彼此的“衬衣”只有领子没袖子，那也无妨。在有限的物质条件下，人前保持着体面和风度，也是对生活的一种美好希冀。

我妈在洗衣服时，说了句挺经典的话，证明了假领子的妙用：“里面烂肚肠，外面白粉墙。”

荒地不荒

天宁寺宿舍的大院里，除了两幢楼房外，还有一大片荒地。

说是荒地，其实不荒。因为那块荒地长满了各种野生植物，主要有三种：一种是蓖麻，一种是辣蓼，一种是苍耳。这些植物都给我的童年留下了难忘的回忆。

先说蓖麻。一丛丛蓖麻长得很密，秆子长得很粗壮，有些长得比人还高，小孩子爱在丛中钻来钻去，也爱将蓖麻秆弯下来，坐在上面晃几下，也折不断。可是，那秆子上有一层蜡粉，沾在手臂、衣服上，白白的，像在哪里蹭了粉笔灰，回家准得被大人数落。若是玩耍时，不巧下起雨来，我们就顺手摘一片蓖麻叶，盖在头上，屁颠屁颠地跑回家。我们两幢楼房共用的厕所，就掩映在这一大丛蓖麻叶中，有的人急匆匆跑过来，会就近摘两片蓖麻叶，一头钻进厕所，连手纸也省了。

等到蓖麻成熟时节，我们会去采摘果实，脱去干裂的壳，露出里面的籽，我们称作蓖麻子，椭圆形，黑褐色的花纹，富有光泽，一颗颗煞是好看。听说蓖麻子可以榨油，医药上用作泻药，工业上用作润滑油。这是长大了才知晓的用途，那时候有孩子误食了蓖麻子，结果一泻如注。而我采摘蓖麻子，用途只有一个，就是拿回家去，央求爸爸用缝衣针、棉纱线把一颗颗籽穿成串，做成手链、项链，戴在身上，四处显摆。

再说辣蓼。回想起来，已有很多年不曾见到，上网一查，居然也是一种草药，根茎叶都可入药，有祛风利湿、散瘀止疼、解毒消肿、杀虫止痒的功效。小时候，那一株株或深绿或紫红的辣蓼，整大片整大片的，曾经让我们又爱又恨。

爱的是，荒地上的辣蓼长得密不透风，我们可以钻进去捉迷藏，只要蹲下身来，就能隐在整片的辣蓼丛中，让人一时半刻找不出来。恨的是，我们总是不长记性，用碰过辣蓼的手擦眼睛，被辣得变成兔子眼，还不停地掉眼泪。后来看电影里那些演员根据剧情的需要，哗啦啦地流眼泪，有人说，肯定是用了眼药水，我纠正说，不，那是碰了辣蓼草！

最后要说的是苍耳，果实像一枚枚小小的纺锤，上面密布钩刺，我们方言叫作“鸡屎粘”，据说有毒，但可入药，比如治疗中风、麻风、中耳炎、疥疮、慢性鼻炎等。苍耳子油是一种高级香料的原料，可作油漆、油墨及肥皂硬化油等，还可代替桐油。想来真是宝贝。

荒地上的苍耳，不如蓖麻和辣蓼生得多，好在数量少，不然，我们就不敢胡乱跑了，不然，衣襟上随时会粘上几颗苍耳，浑身长满小刺，不小心扎到肉里，又痒又疼。

我苦思冥想，被苍耳扎到，怎样才不疼呢？答案就是扎到别人身上。因此，我会小心翼翼地摘颗苍耳，乘人不备，粘到别人的衣服上。出来混，总是要还的。我也被人粘过好几回，甚至有一回，头上被人粘了两颗苍耳，与三千根烦恼丝纠缠在一起，越扯，钩得越紧，吃足苦头，于是哭着跑回家，央求我老妈。老妈耐着性子解了好久，未果，一怒之下快刀斩乱麻，硬生生把我的两团头发剪掉了。

圈地行动

对面那幢楼，搬走一户，又搬进来一户。这户的男人，一来就打起了大院里那块荒地的主意。

他铲掉一大丛蓖麻，竖起篱笆，圈了一块地，开始种菜了。

此举勾起了我妈的农民情结，她紧随其后，引火烧了围墙边的一大片辣蓼，捂了几天灰，撒下一大片萝卜籽，开始了她的圈地行动。

入夜，我妈坐在路灯下，手里不停地搓着稻草绳，一连搓了几个晚上，搓出了长长的一大捆。

我爸负责在那块地的边沿打进几个木桩。靠围墙的那半边，既省了木桩，也省了不少稻草绳，说明我妈还是极有远见的。

我妈带着我围着那几根木桩绑草绳，上中下各一圈，正式围出了一块菜地，有别于旁边的荒地、垃圾堆。可谓名副其实的“圈地”。

我妈撒下了萝卜籽，浇了水。没过几天，地里密密麻麻长出了萝卜苗。我妈喜滋滋的，觉得劳动有了成果。

可惜，那稻草绳圈的地，防君子，不防小鸡。不知谁家的鸡，趁我们不注意，跑进去把那些萝卜苗吃得干干净净，一点都没剩。

我妈毫不气馁，叫我爸买来一些便宜的石棉瓦，将那块地围得严严实实，开了个进出的小门，重新撒下了萝卜种。

这次的萝卜苗没有遭殃，我妈掐去多余的苗，先炒了一大盘犒劳全家。萝卜苗在餐桌上叫作草头，味道鲜美。这是我家圈地行动的第一项收获。

在食堂上班的吴叔叔，在他家厨房后面搭了个违章建筑，DIY了一个猪棚，养了一头猪，每天给它喂从食堂带回来的剩汤剩菜，养得又肥又壮。没料到有一天，这头猪不知怎么钻破了棚，在大院里横冲直撞，还殃及池鱼，冲倒了我家菜地的石棉瓦篱笆，把菜地踩得一塌糊涂。

都是左邻右舍，吴叔叔家来道歉，我妈也没好意思责怪。但他们家的猪棚味道实在熏人。有人向厂工会反映，吴叔叔也就从善如流，叫了几个人帮忙，在院子里烧水杀猪。还给院子里每户人家送了碗猪下水。

院子里的人，渐渐都不养鸡养鸭了，有养的，也不再放养。因为那一大块荒地，你一块我一块，很快就被瓜分蚕食完了。肯动手的，多多少少都种了地，吃上了自己种的蔬菜，再也不用眼红别人家。

整个冬天，我们家不是萝卜就是青菜，全是那块地的作物。新鲜的吃不完，我妈又是腌萝卜、酱萝卜，又是腌咸菜、晒梅干菜，吃得我满脸菜色，嘴里能淡出鸟来，开始怀念起那些散养的鸡，甚至那头臭烘烘的猪。无论如何，鸡肉猪肉比这萝卜青菜要好吃得多。

我对我妈说："妈，我看我们这围墙边其实搭个猪圈也挺好啊，把猪粪扫干净，该不会那么臭吧？猪肉不比青菜值钱？"

我妈说："养什么猪啊，不就是想吃两块肉，至于吗？"

"那……"

"我想好了，将来把你嫁给杀猪佬的儿子，包你顿顿有肉吃！"

杨丽君，偶尔想起你

偶尔会想起儿时的好朋友杨丽君。

她外婆是我爸的同事，她和外婆住一起。茶厂后来建了职工幼儿园，因为同龄、性格相近，我们在园里成了最好的玩伴。

茶厂发福利，有整袋的山东苹果。我去幼儿园时，一定要洗两个带去，爸爸以为我能吃，其实有一个我是要送给杨丽君的。

其实杨丽君家的条件比我家好得多，我爸发了苹果，她外婆也会发。

有一回，爸爸从上海出差回来，给我买了一双漂亮的小皮鞋，鞋面橙色，鞋里有一层红色的小绒毛。小皮鞋穿在脚上，暖乎乎的。

那天，杨丽君恰好穿了红色的呢子衣服，衣服上全是小绒毛。我对她说："你的衣服上好多毛啊，给我扯一点，我的脚就更暖和了。"

她大方地说："好呀，好呀。"

于是，我扯啊扯，别的小朋友也跟我学，一天下来，杨丽君的衣服被我们扯了不少毛。我把扯下来的毛全部塞进了我的小皮鞋。

晚上睡觉时，我妈发现我的鞋子里有一坨毛，吃惊地对爸爸说："你买的这个上海货，质量不行啊，才穿一天，就掉了这么多毛。"

我爸心疼地摸着鞋子，说："不可能，这鞋质量好，肯定是她调皮，把里面的绒毛都扯下来了……”

我躺在床上假寐，眼睫毛跳啊跳的，生怕一睁开眼就要挨揍。

第二天，杨丽君的外婆带她来到幼儿园，让老师帮忙查查，是哪家的调皮孩子，把她外孙女新衣服上的毛毛快扯光了。

这回，我真挨揍了。

杨丽君好几天没来幼儿园，我想，她是不是生气了，我得跟她道歉啊。谁知，后来听说，杨丽君的爸爸是上海人，妈妈也在上海工作，她要去上海读小学了，早点过去适应一下。

我回家缠着我爸说：“我也要去上海读书，我也要去上海！”

从此，我们再也没见面。那时候还没有手机，连BP机的出现也是很久以后的事情。固定电话倒有一个，在厂门卫室里，是上锁的。就算不上锁，你想打，还不晓得能打给谁。小孩子的友谊是不被大人重视的，我还不会写字，没有杨丽君在上海的地址，通信也成为不可能。就这样，我们失去了联络。

到现在，都没有再见到她，完全记不得她长什么样子，就算记得，她也早就女大十八变了吧，然而，她的名字却一直记在心里。我成年之后，辗转来到上海，工作，定居。偶尔会想，杨丽君，你在哪儿呢？

有缘千里来相会，无缘对面不相识。也许我们在这个都市，曾经逛过同一家书店，挤过同一节地铁车厢，甚至曾经擦肩而过，可是，我们都没有认出彼此。

敲碗花

大院墙外，北边的那条小路上，长了一丛粉白色的野花，花瓣小小的，有些单薄。跟着大人路过时，大人就告诫我，那是敲碗花，手碰过花瓣，会敲破碗的，千万别摘。

我半信半疑，跃跃欲试。

一个人跑到小路上，看到花还开着，趁四下无人，我伸手摘下一簇。

真的会敲破碗吗？我把花瓣摸了又摸，快到家时，才把花扔了。

回到家，正好吃饭，我急着做试验，伸手就去拿饭碗。

我妈一声吼：“去洗手！”

吓得我手一滑，碗“啪”地掉地上，真的摔破了！

我小脸煞白，坦白从宽：“妈妈，我摘了敲碗花。”

一块糖糕

有天下午，我妈从幼儿园接了我，又被临时叫去缝麻袋，就叫我自己先回家。

我边走边玩，半路上又绕进田埂，摘了一把野菊花，等回到大院，这才发现，我妈忘了把钥匙给我。

进不了家门，我只好在大院里晃悠，肚子饿得咕咕直叫。掏遍身上的口袋，没翻出一分钱。若再走回厂里拿钥匙，我也饿得迈不开步子了。

这时，我看见了丽娅，她从家里出来，手里拿了一块糖糕。

糖糕的做法是：在米粉里拌了白砂糖，里面加些肥肉、红枣、葡萄干之类的东西，上锅蒸。我们那一带过年时有的人家会蒸上一笼，尤其在农村，家家户户都蒸，有人来拜年时，总要切一大块给客人带走。我家虽然不蒸，但去老家拜年时，总会带回来几大块，到元宵节后还吃不完，有时吃到长出了白毛，只好扔了。

这种糕可冷吃，也可热食，很多人爱吃，我却不喜欢，嫌它冷时又硬又糙，口感不好；而蒸热或油煎后，又是软乎乎的，又粘牙又甜腻。

丽娅手上拿的是块冷糕，看起来像拿了一块肥皂在啃。换作平时，我是正眼也不会瞧的，可现在，我咽着口水，两眼直勾勾地看着她，眼珠子动也不会动了。

丽娅看了我一眼，忽然走过来，把糕递给我："给你吃吧。"

我一把接过糕，两三口就啃完了，像猪八戒吃人参果一样，什么味道也没尝出来。但那瞬间，纵是山珍海味也比不上那块糕。而丽娅的形象，在我的心目中瞬间变得高大起来。一时间，我忘了她曾抢走我的苹果吃的事；忘了以前我俩为抢一块小铁片，咬破对方手腕的事……

后来的很多年，我一直认定她是个好人，哪怕别的小孩跟我说她的坏话，叫我别再理睬她，我也很坚定地做她的好朋友。以至于长大后，我总爱跟人说，锦上添花不管用，想让人记着你，一定要雪中送炭啊。

山东苹果

我爸在部队当兵时，是侦察班的班长，听人提及苹果如何好吃，便趁排长回乡探亲之际，托他买点儿尝尝鲜。排长是山东人，当时烟台苹果很出名。

部队一个月发6元钱生活费，爸爸把大半都寄回老家，交给奶奶。不过，他虽是节俭之人，托人买东西，还是怕买太少没面子，便给了排长2角钱，寻思至少买一袋回来，分给班里的战友，有福同享。

结果排长探亲回来，从挎包里摸来摸去，只摸出一个苹果，递给爸爸。爸爸问："就这？"排长点头："就这。"年轻的爸爸大悔，没想到苹果是如此贵重的奢侈品。

在我小时候，我妈也给我买过2角钱的苹果，也是一个。那是放学路上，她来接我，听说我又考了100分，心里高兴，就在摊头买了个苹果，以资鼓励。

那是个非常大的苹果，一个刚好1斤，表皮很黄，闻着有股香蕉的浓郁甜香，我们称之为"香蕉苹果"。我看着垂涎欲滴，妈妈便拿衣角擦了几下，递给我吃。我坐在自行车后座上，一口一口地啃。等回到家里，手上还捏着半个苹果，肚子已经撑饱了。那是我这辈子尝过的最美味的苹

果。直到现在，我仍喜欢那种口感香甜的苹果，只是再也找不到记忆中的感觉了。

茶厂一年会发两三次苹果，都是山东的，装在一种藤条编织袋里，每人分个一二十斤。那些苹果个头不大，青中带点红，脆脆的，酸中带点甜。发苹果的时候，职工们都在现场盯着，生怕发给自己的被掐了秤头。

在不发苹果的时候，我爸也会经常变出苹果。他隔三岔五会去街上的水果店，讨要一些烂掉的苹果回来，理由很小资很充分，是用来喂蚯蚓。的确，爸爸喜欢垂钓，养了两箱蚯蚓作饵。

苹果拿回家后，爸爸挑出那些没烂透的苹果，仔细削干净腐烂的部分，再把剩下的一块块码在碗里，用开水浸泡一下，便成了全家人口中的美味。只有那些彻底无法入口的，才成为蚯蚓的食物。

我和蚯蚓抢口粮的日子，有过好几年。后来长大了，苹果不再稀罕，品种也多，有时成箱放在家里，又大又漂亮，却想不起来吃，任其一个个坏了，随手扔掉，并不在意。

偶然想起小时候的经历，忽觉有点暴殄天物。

毛重

我爸的窨花车间有架磅秤，是收购茉莉花时用来过磅的。农户连花带篓搁到磅秤上，称好重量，再把花倒入花堆，把空篓再过一遍磅，两项一减，就算出了花的净重。

我到车间里玩，爸爸叫过磅的阿姨帮忙，给我称一下体重。我站到磅秤上，阿姨抬抬手指，称好了，看一眼我身上穿的厚棉袄，习惯性地说："毛重27斤6两。"

我吓一大跳。自己身上的汗毛很重吗，怎么连毛都算上了？

迎接慰问团

有天早上，我妈送我到幼儿园时，已经晚了。

老师看到我，急匆匆递给我一条连衣裙，叫我赶快换上。

连衣裙是全新的，外面还套着塑料包装袋，粉红色，下摆罩着一层白纱，白纱上点缀着几朵小花，非常漂亮。

我这才发现，先来的小朋友早已“全副武装”，女孩穿上了连衣裙，男孩则是一套漂亮的海军衫（那时很流行），一个个健康又漂亮。

我也很快换上了连衣裙，可接下来的事却让我尴尬无比——我没穿内裤，下身只套了一条长裤，里面是“真空”的。这不能怪我，告别开裆裤后，我妈为了省钱，没给我买内裤，只是把裤裆缝上了。

老师说：“没穿小裤衩的，把裤脚卷上去，卷到膝盖上面，裙子遮住，不要露出来。”

我的裤子瘦，裤脚也很小，卷了老半天，只卷上一点点，急得我直冒汗。老师也急了，时不时地看手表。最后，还是老师帮忙，使出吃奶的力气，把我的裤腿撸了上去，用裙摆遮住了。

别的小朋友已经在院子里排好了队。

我跑出去，刚加入他们的队伍，门口就来了一拨人。

那是一个慰问团，几个像领导一样的人物，手上拎着几袋玩具，平易近人地走进来，和老师们亲切握手，又很神圣庄严地把带来的玩具交给老师。

一双双小眼睛盯着那些玩具，在老师的带领下，我们拼了命地鼓掌，把小手都拍红了。

等慰问团的领导们走了，老师又带着我们排好队，在厂区里走了一大圈。

我穿着漂亮裙子，昂首挺胸，像一只开屏的小孔雀。路上遇见不少人，纷纷夸我们漂亮。可惜走了一圈，经过我爸的窨花车间时，没能和他不期而遇。

其实，漂亮归漂亮，我的裤脚裹在膝盖上，勒得很难受，走路也会有摩擦。我还得瞻前顾后，走动时，生怕裤脚掉下来，露了馅，只好趁人不注意时，伸手撸一撸。

回到幼儿园，老师把那堆慰问玩具分发给小朋友玩，大家玩得开心极了。最重要的是，老师没叫我们把衣服换下来，说明今天的这身行头是送给我们的。啊，托慰问团的福，有新裙子穿了，我心里乐翻了天。

那条裙子穿了一整天，我也乐了一整天。中午跟我爸去食堂吃饭时，我炫耀说："看，幼儿园发的！"以往都是大人有福利发，这回居然也轮到了我，得意！

傍晚妈妈来接我回家时，老师叮嘱说："回去把裙子洗一洗，晾干了带过来。”

原来裙子是要还的。我有些沮丧。

我威胁我妈，以后一定要给我穿内裤，不然就不去幼儿园了。

我妈无奈，依了我，去给我买内裤了。

后来，我天天穿着内裤，盼着有新的慰问团来，再有机会穿上那件漂亮的连衣裙，可惜，未能如愿。

洋娃娃的眼睛

幼儿园里的玩具，我最喜欢洋娃娃。洋娃娃是会眨眼睛的，不是自己眨，也不是电动的，你手拎着洋娃娃，晃动几下，眼皮会上掀或者合起来，看起来就是眨眼睛了。

老师给我们排了个舞，要去参加舞蹈比赛，音乐是那首《洋娃娃和小熊跳舞》，我的角色是洋娃娃。别的小朋友分别是小熊、小猪、小猫、小狗、小兔子之类。总之，只有我本色出演，扮的是人，听音乐的名字就晓得了，想当然的女主角，心里忍不住得意。

老师开始画面具，跳舞比赛时，让我们戴在头上。我们每天趴在大大的画桌前，看老师一笔一笔地画啊画啊，心里充满期待。我几乎能想象出，我的洋娃娃就像童话里的公主，金黄色的头发，长长的睫毛，眼睛眨啊眨啊会说话。

比赛那天，老师的面具已经画好了，晾干，两边绑了皮筋，套在头上，代表每个动物。我正喜滋滋地等着变成洋娃娃，老师略带歉意地告诉我，洋娃娃的眼睛画坏了。

老师说："做人难，画人也是很难的，你就是美丽的洋娃娃，用不着戴面具。"

于是，我成了那个唯一没戴面具的舞者。只有脸和别人一样，都被抹成了猴子屁股，额头中间还点了颗红红的“美人痣”。

在台下候场时，别的舞蹈队里有个不认识的小朋友打量了我一眼，咯咯地笑了。我总觉得她的笑里藏着鄙夷，是在笑话我没有面具戴。上了台，我又觉得台下的观众都盯在我头上，在笑话我没戴面具。

我郁闷极了，下了场，忍不住眼皮往上掀，翻了个白眼。嗯，就像洋娃娃在眨眼睛。

谁盖马桶盖

幼儿园时，小朋友的厕所男女有别。男生用的是露天的小便池，女生用的是马桶，整个幼儿园只有一个，需要排队，轮着上。

那个马桶，猪肝色的漆，放在一间空屋子的角落里，墙上爬着不少蜈蚣。我们最喜欢干的事，就是脱下鞋子，用鞋底把蜈蚣拍死。

那天，两个女孩子用完马桶，却起了争执。原因很简单，就是两人都不肯盖马桶盖。

我在小孩子中年纪算长的，个子算高的，看起来有些权威。于是，她们中的一个跑到屋外找到我，请我做评判。

前面的女孩说："马桶又不是我一个人用的，你也用了，凭什么要我盖上？"后面的女孩说："是你打开的，你就应该负责盖上。"

我一脸肃然，像包青天一样，对着臭烘烘的马桶，摸摸下巴，做思考状，可惜下巴没长胡子，不然摸起来更威风。

我思索了半天，说："老师说了，做事情要有头有尾。马桶是谁打开的，就谁盖上。"

我俨然法官判决。话音刚落，那个打开了马桶盖的小女孩心悦诚服地把马桶盖上了。

抬小娘

小娘，老家方言“姑娘”的意思。儿时有个游戏叫“抬小娘”，一度很流行。

由两个大孩子当轿夫，背着人选好自己的身份，一个是“苹果”，一个是“香蕉”。

开始游戏，两个“轿夫”双手互握，高高举起，形成一个拱门，充当游戏中的轿子，开始唱：“抬小娘，抬小娘，两个小娘抬小娘，苹果——香蕉——”

唱的同时，“小娘”们排成长队，从拱门中穿梭过去，绕一圈，继续穿，直到歌声停止，“轿夫”把双手压下来，一个“小娘”就被关在了“轿子”内。这个被关的“小娘”，要开口选择自己的“所爱”，要么选“苹果”，要么选“香蕉”，选的时候，只和两个轿夫“咬耳朵”，不能声张。

等到所有人全被关过一遍，各自选了水果，这才公布答案，抬轿的哪个是“苹果”，哪个是“香蕉”，选定的人，也各自归队。

下一步，便开始了徒手拔河比赛。“苹果”和“香蕉”站在两队的排头，互握着对方的一只手，人往后倾斜，自己的队友紧紧抱住前一个队友的腰，各就各位后，一齐往后拽，哪队把对方的人马拽过了线，哪队就赢了。

这不是一项公平的对决游戏，但是很刺激，明修栈道，暗度陈仓，时有变数。胖的、力气大的不一定能赢，因为双拳难敌四手，拼不过对方人多势众。在选择的时候，有很多“小娘”犹豫不决，瞎子摸象，生怕一不小心站错队，满盘皆输。

那首“抬小娘”的调调，至今我仍会哼，可这种儿童游戏早就看不见了。但是，成人的世界，貌似还在克隆这种游戏，被关进“轿子”时，你不能不站队，又怕站错队，进退维谷，纠结不已，面对“苹果”和“香蕉”的单选题，无从开口。

我第一次被关进“轿子”时，还不懂江湖规矩，以为可以由着性子选，于是说，我更喜欢吃“西瓜”。结果，被小伙伴们踢出游戏，不带我玩了。

怕车的小姑娘

小时候，路上很少看见小车，就连桑塔纳也已是很高级的轿车了。公路上往来的主要是客车和卡车，卡车有不少是挂车，在车体后面拖着一节车厢，载着重物。

那时的城还很小，我们住在城郊，去趟街上，就叫“进城”。有一回，爸爸骑着“永久”带我进城。我坐在车后座上，舔着一根白糖棒冰，半路上吃完了，手黏黏的。爸爸就把车停下来，伸手在口袋里掏卫生纸，要给我擦手。

这时，离我们不远处，停在路边的一辆大挂车忽然发动了，发动机的声音很响，我闻声一扭头就看见了。那车冲着我们直开过来，眼看越来越近，爸爸还浑然不觉地掏口袋，我急得大叫：“车！车！”

爸爸推着车，往路边让了让。那辆大车从我们身边慢慢开了过去，开走了。

其实，就算爸爸不让，那车子肯定也不会直撞上来。我却吓得面如土色，整个人都发抖起来。

到了晚上，我噩梦连连，都是车子要撞上来的画面。这还不算，那天以后，我在路上看见车子就怕，要闭上眼睛捂住耳朵，嘴里哇哇乱叫。

一朝被蛇咬，十年怕井绳。我怕车的毛病延续了好久，爸爸只好送我到乡下，随奶奶住一段时间，与我哥也做个伴。

奶奶住的村里看不见车辆，我大门不出二门不迈，用不着再害怕车来车往了。

有一次，姑妈的二儿子健光怂恿我们兄妹到供销社去买吃的，他出钱。我耐不住吃的诱惑，鼓起勇气走出了村子。

为防万一，健光表哥和我哥像游击队员一样，一左一右，到马路两头观望几分钟，见没有车子开过来，再冲我招手。我则飞快地越过马路，一路狂跑。

有了第一次，就有第二次，渐渐地我胆子也壮了，敢走得更远一些，来来去去，还真没见着什么车子。

那天，两个青葱少年又在替我放哨，有个在路边晒太阳的老人瞧见了，好心提醒我们："小鬼头，过路车一天就一趟，想搭车，等明天吧。"

鱼饵

江南多水，池塘水库多，喜欢钓鱼的人就多，我爸也是其中之一，钓鱼是他人生最大的乐趣，没有之一。

不同的鱼咬不同的饵，不同鱼塘的鱼，嘴巴也不一样刁。正所谓萝卜青菜，各有所爱。我家订有《中国钓鱼》杂志，爸爸理论联系实践，研究出了五花八门的鱼饵。

他常年养着两箱蚯蚓。听他说，一箱是上海蚯蚓，一箱是北京蚯蚓，地域不同，不能混养，不然会引发战争，两败俱伤。

这两箱蚯蚓不是用泥养的，我爸说泥里养的是土蚯蚓。蚯蚓的食物有不少，一种是爸爸到水果店收来的烂苹果，完好的部分进了我的肚子，腐烂的部分便宜了蚯蚓。另一种是将废旧纸板放在水里泡透了，撕碎了投进箱子。有时我们吃剩的稀饭之类，也成了蚯蚓的大餐。投进箱子的食物，夹杂着蚯蚓的排泄物，久而久之，看起来和泥土也没什么区别，蚯蚓在里面钻来钻去。钓鱼前，爸爸就打开箱子，拿专用的筷子小心夹出几条，装进盒子里，再在盒盖上扎几个小透气孔。

单有蚯蚓是不够的。爸爸的装备很齐全，鱼饵的花样自然也少不了。每次他还会带个面粉团，面粉团里会挤段牙膏，经他反复试验，中华牙膏的口味最讨鱼儿的欢心。有时，他还往面粉团里吐唾沫。我在一旁学他加水搅拌面粉，也往面粉团里吐唾沫。

每回钓鱼还要带些大米，会事先炒一炒，还在黄酒里浸泡几天。来到池塘边，看准要下钓的位置，先往水里撒一把，这是诱窝。

还有一些鱼饵，都是人也可以吃的，比如土豆、小番薯。弄这些饵时，爸爸就得多蒸些，因为鱼儿馋，我比鱼儿更馋。

有一回厂里举办钓鱼比赛，我爸全副武装，有心要笑傲江湖，拔得头筹。为了准备充分，他特别找来两块小番薯，蒸得不软不硬，搁在桌上放凉。结果我发现了，以为是留给我的，问也没问，就两三口落肚，还嫌个头小，没吃饱。

再弄鱼饵时，爸爸都背着我，防我胜过防贼。

钓鱼的约法三章

我爸常带我去钓鱼，但只限于近的地方，要骑行几十里路的，都是他自己摸黑出发，天黑回来，从不肯带上我。

天宁寺村里，水塘有好几个，我们主要去南瓜塘、水井塘。有时也去厂里的一个人工池塘。

每次带我去钓鱼，我爸都要跟我约法三章：第一条是保持安静，讲话也得压低声音，免得惊了鱼群。第二条是不许吃鱼饵。起初只限定了两条，第三条是后来加上的。

我在旁边看了几回，跃跃欲试，爸爸有时便把他的大渔竿交给我，让我握着，他绕塘一周，到别的方向撒点窝，或者到田埂上挖点土蚯蚓，补充鱼饵。

渔竿对小孩来说有点沉，我把它夹在胳肢窝下，不时左右轮换，有点费力，不过兴致很高，觉得很拉风。

通常，我爸拿着渔竿，好久没动静，才把渔竿交给我玩会儿，结果他才走开一会儿，鱼就咬钩了。小时候我视力很好，塘水不清，我仍能老远看清楚游鱼。比如在茶厂池塘，有一回，我先看见两条鲫鱼游过来，再发现两条变成了一条，随即觉得渔竿一沉，浮标也坠了下去，鱼已经上钩了。

每当这时候，我就哇哇乱叫，心脏也扑通乱跳。我爸会三步并作两步飞奔过来，接过渔竿，小心地在水面遛几下鱼，再提竿一甩，他的动作一气呵成，鱼儿很少脱钩。

钓上来的鱼装进网兜，网兜沉在岸边水底，网兜的拉绳顶端有一枚长钉，把长钉深深嵌入岸边泥里，任鱼在网里怎么折腾也跑不了。

见我喜欢做“跟屁虫”，我爸索性找了根细竹，给我做了根小渔竿。这样去钓鱼，我也能扛着自己的家伙，有模有样地跟在他屁股后面了。

我貌似专业地握着小渔竿，坐在小板凳上，一言不发，目光专注，连什么时候歪着睡着也不晓得。我爸只得架好两人的渔竿，先背我回家，又折回来接着钓。

我睡醒的时候，我爸浑身湿漉漉地回来了。

原来等他折回鱼塘时，我的小渔竿已被一条大鱼拉到池塘中央去了，他只好下塘捞渔竿。

于是，我爸增补了第三条约法：钓鱼时不许睡觉。

小孩耳朵啃半边

我爸带我去百货商店，我见门口有卖鼠药的摊，兴奋地挤进去看热闹。

地上铺了一块布，上面图文并茂，除了老鼠危害的科普外，便是“王婆卖瓜”的辞藻，不外乎正宗秘方，祖传十八代。摊头堆着一包包鼠药，还摆着好多老鼠标本，每只的块头都很大，比在我家乱窜的要大好几倍。甚至还有黄鼠狼，黄褐色的皮毛，看起来一只有好几斤重，令人大开眼界。我问我爸：“用他们家的药，就能打到这么大的老鼠吗？”我爸小声说：“广告呢，别信！”

卖鼠药的人看起来像跑江湖的，夹杂着外地口音，打得一手好竹板。见围的人多了，就冲着我们来上几句：

快来看呀快来瞧，只毒老鼠不毒猫。

老鼠吃了蹦三蹦，猫咪吃了唱歌谣。

……

有人听了不以为然，准备离开。卖药的人急了，冲着大家的背影又来了一段：

你要不买俺的老鼠药，老鼠在你家垒个窝，
咬烂你的盆，咬烂你的锅，拾掇拾掇得两块多！

爸爸觉得那人说得难听，要拉我走。卖老鼠药的一眼看见我，又冲我打起了竹板：

快来瞧呀快来看，老鼠是个大坏蛋。
它东间跑西间窜，偷吃麻油又偷饭。
溜墙根来满屋转，又吃花生又吃面。
东梁跳到西梁上，啥个坏事它都干。
啃书本来啃箱子，皮鞋帽子都咬烂。
老鼠急了都要啃，小孩耳朵啃半边。
老鼠药，不值钱，一包只花一毛钱。
省吃一根小冰棍，少抽一根名牌烟。
药下屋里保安全，一夜老鼠就药完。

念到那句"小孩耳朵啃半边"时，卖老鼠药的加重口气，口齿特别清楚，还冲着我拧了拧自己的耳朵。我吓得哇地哭了，边哭边拽大人的衣角："老鼠会咬我耳朵，爸爸快买药！"

1角钱一刀

我们这一带出产紫皮甘蔗，味道很甜。

入冬以后，大街上的甘蔗随处可见，有论根卖的，也有论节卖的。小时候，还流行过一种论刀卖的方法，1角钱一刀。

小孩子没什么钱，身上顶多能摸出1角2角的硬币，卖甘蔗的就冒出来一个规则：你给他1角钱，他让你竖着劈一刀，劈到哪儿算哪儿。

在家，一逮到机会，我就苦练甘蔗刀法。

这刀法，讲究的是眼疾手快。先把甘蔗立在地上，拿把菜刀，刀背朝下，贴在甘蔗顶梢，让整根甘蔗保持直立。这时，整个人蓄势待发，忽然把刀提起反转，让刀刃朝下，趁着甘蔗未翻倒在地，一刀劈下去，速度与力度要完美契合。

1角钱一刀，刀法好的，就赚到了，能将整根甘蔗劈成两半，扛回家。

但这个刀法不太好练，甘蔗从头到尾都是节，力气不够，也是枉然，能劈开个一两节，已经不错了。我的力气太小，有时只能在甘蔗顶梢划出一道浅浅的口子。

明知技不如人，我仍对“1角钱一刀”乐此不疲，因为这种买法像买彩票一样，以小博大，非常刺激。我屡败屡战，卖甘蔗的赚走不少零花钱，经常连根甘蔗毛也摸不着。

丽娅的哥哥丽军却是此中高手。他身上没钱，有时就跑来与我们做交易。我们出钱，他出力。1角钱，把劈成两半的甘蔗对半分，他一半，出钱的一半。

有一回，我们几个小孩每人凑了1角钱给他。

于是，丽军在甘蔗摊头大显神通，1角一刀，一根劈到底，再给1角，又是一刀到底。连劈三根，卖甘蔗的黑了脸，死活不肯再跟我们论刀卖了。

我们都很羡慕，央求丽军传授刀法秘诀，他笑而不语，我们骂他小气，一哄而散。

后来，我看见他在家门口劈柴，竖起一根长长的柴火，手握一把斧头，斧背朝下，突然，反手奋力一斧，直劈到底。

果然是英雄不问出处，人家那高超的甘蔗刀法是劈柴练出来的。

好吃的西瓜皮

一次饭局，餐后照例上来一盘水果。

我旁边坐着一位款爷，开着宝马7系的车子，伸手拿起一块西瓜，开始忆苦思甜："小时候家里穷，我吃不起瓜，专门啃西瓜皮呢。"

款爷小时候，隔壁有一户卖西瓜的，每天拉一板车西瓜到镇上卖，瓜卖了，还能拉回一大筐西瓜皮，拿来喂猪。他就到卖西瓜的板车上乱翻，拣别人吃剩下的西瓜皮，把红色的瓤啃得干干净净，就地吃个饱。

我们听了笑成一团。款爷没笑，咬了两口西瓜，随手扔在果盘里，嚷嚷说不甜，还不如小时候的瓜皮好吃。

我亦有同感，如今的水果，长得越来越靓，味道却越来越淡了。也有特别甜的，又怀疑是打了药水，吃起来的口感，远不及小时候的原汁原味。

水果盘转过来的时候，我也顺手拿起一块西瓜，摇摇头，心里想，现在的西瓜，皮都太薄了，不然，炒一炒可是一道美味佳肴。

小时候，炒西瓜皮是我妈的拿手好菜。这道菜，是从幼儿园老师那儿学来的，她又传授给好多人。菜的做法很简单，把瓜瓤吃完了，留下西瓜皮，用刨子将最外层的绿皮削去，再将整块瓜皮切成条状，用盐腌渍，控干水分，放油锅里炒，加佐料调味，也可按个人口味加点辣椒、虾米，端上桌时，一阵清香扑鼻，吃起来又脆又爽。

不论是款爷还是我，小时候吃西瓜皮，说白了都是家境的缘故。我比款爷小一轮，生活条件却是两代人的差别，他那一代啃别人家的瓜皮，我这一代已经能吃上自己家的，还是炒的，可见生活还是会越过越好的。那时候，西瓜也就5分钱或8分钱1斤，但是物尽其用，连瓜皮也吃了，毫不浪费。

好比吃芹菜，我们家从来不择叶子，后来报纸上有专家建议，吃芹菜要连叶子吃，因为芹菜叶子营养更好。如此看来，我们家果断地走在了专家的前面。而关于西瓜皮，我爸是查过医书的，说中医管西瓜皮叫“西瓜翠衣”，性味甘凉，煎饮代茶，可以治疗暑热烦渴、水肿、口舌生疮、中暑和秋冬因气候干燥引起的咽喉干痛、烦咳不止等疾病。可惜没有考证过，吃了那么多西瓜皮，对我有没有起到过保健功效。但是炒西瓜皮确实是一道好菜，为物质贫乏年代的餐桌增色不少，至今仍留给我一种美好的回忆。

那时，我随大人去买瓜，专挑皮厚的西瓜。有时问卖瓜的，你这瓜皮厚不厚，卖瓜的赶紧说，不厚不厚，皮薄得很，不信开个口子给你看。我挥一挥衣袖，扭头就走。

布店里的江湖

小时候，觉得布店很江湖。

被我妈牵着手，走进去，一眼就看见里面“天罗地网”——店铺上方横七竖八地吊着钢丝绳，钢丝绳上有几个铁夹。收银台在店的最深处，木质柜台，比我还高，也高出所有顾客的视线。有人买布时，营业员把钞票、布票、小票一起夹好了，顺着钢丝，“唰”的一声，甩向收银员，收银员从夹子上取下东西，结账后，盖了戳，将一联小票连同找零，“唰”的一声，原路甩回给营业员。

我妈让我选块布料，过年替我做件棉袄，棉花是外婆家种的，已经捎来了。万事俱备，只缺布料，好在布票也已经凑齐了。可惜，我对布料缺乏兴致——反正挑来挑去就那几样——却对头顶穿梭的铁夹子很感兴趣。

柜台里的收银员太让人崇拜了，坐那么高，眼观六路，耳听八方，唰唰地连飞夹子，动作干净利落，毫不拖泥带水，准头也极好，活脱脱就是“小李飞刀”。

“妈，我长大了也要坐在那里面！”我指着高高的柜台说。

“行啊，你先学好本领。”我妈摸着布料，心不在焉地回答我。她的意思是，我得好好学习，天天向上，才能做一个有用的人。

我却曲解了她的意思。

回到家，我把夹报纸的铁夹子拆下来，任报纸摊了一地。门口有晾衣服的铁丝，我人矮够不着，只好站到凳子上，把铁夹子挂好，凝神屏气，“唰”过来，“唰”过去，爬上爬下，忙得不亦乐乎。

由于铁丝不太直，铁夹怎么也甩不远。我练了大半天，自觉准头太差，手劲又不足，费力之余，不小心从凳子上摔下来，屁股痛了两天。还因为把我爸的报纸全弄乱了，又挨了一顿骂。

无奈，搁浅了当布店收银员的江湖理想。

闹相亲

我们这幢楼里有个刘叔叔，和我爸同车间，奔三的年纪，还没娶到娘子。

有一回，有人给他介绍了个对象，从外地坐车过来相亲，地点就在他的单间宿舍。

我们都跑去看热闹，一个梳着两条大辫子的阿姨静静地坐在凳子上，脸色红红的，有些腼腆。那天的刘叔叔人很精神，胡子刮得很干净，中山装的风纪扣也扣好了，头上还抹了发油。我们都觉得这样的刘叔叔看起来人模人样的，亲事没准能成。

为了这次相亲，刘叔叔准备了不少零食，我们眼睁睁地见他拿出来一大捧糖果，居然还都是软糖。我暗中摩拳擦掌，就等他把糖果搁到矮几上，伸手去蹭两颗。谁知他像是猜透了小孩的心思，没把糖果放下来，而是直接捧给辫子阿姨，阿姨连连摆手说不吃，他就全倒在人家的膝盖上了。

辫子阿姨脸更红了，抓起膝盖上的糖果，一颗颗分给看热闹的孩子，把我们乐得直夸阿姨漂亮。

刘叔叔有些心疼糖果，瞪我们一眼，说："小孩子到外面玩去！"

我们嘴里含着糖果，呼啦就散了。

下午辫子阿姨临走时，我们又挤去看热闹。刘叔叔炒了一盘葵花子，打算叫阿姨带在路上吃，见小孩子又来了，头上直冒汗，没等瓜子放凉，就一股脑儿全倒进袋子，结果塑料袋沉了底，“哗”的一声，瓜子全撒在地上了。

阿姨闷声不响地走了。亲事没成。

摘稻穗

秋天，一望无垠的田野，黄澄澄的，熟透的稻子弯下腰，颗粒饱满的穗子沉甸甸的，惹人喜爱。

等农民收割完稻子，一群小孩就会跑到光秃秃的田里，眼睛四下乱瞄，搜寻“漏网之鱼”。

这就是捡稻穗。

天宁寺村，小孩子好像都干过这个。我和哥哥也会去附近捡稻穗。去得早了，赶在别人之前，就能捡到一大把。

捡来的稻穗拿回家，我妈会把残余的谷粒撸下来，装在畚箕里，然后上下颠着畚箕，把碎屑扬出去，再找个瓦罐装好。一季谷粒收起来，能攒下不少。

这些稻粒成为家养草鸡的口粮，余下的稻杆垫了鸡窝。我妈说，母鸡吃了谷粒好下蛋。

重赏之下必有勇夫，为了天天有蛋吃，我们兄妹俩“马不停蹄”地捡稻穗。

一个周日的晌午，我和我哥，加上丽军、丽娅两兄妹，四个人一起去捡稻穗。

说来也怪，那天早上刚收割完的稻田，稻穗少得可怜，我们猫着腰，仔细地“巡逻”了两遍，几乎掘地三尺，也没拾到几根。很可能是有人抢了先。

我们都很沮丧。

邻近的那块稻田，稻子还没收割。

我眼睛亮亮的，看着沉甸甸的稻穗，说：“这些稻子快割了吧，我猜是明天，明天我们早点来！”

我哥点头应了一声。

丽军四下里一瞧，说：“附近没人呢……”

丽娅心领神会，走到田边，伸出手去邻近的田里摘了一根稻穗。

她哥也不甘示弱，伸手就摘，还招呼我们兄妹俩：“别傻站着，趁没人！”

我哥有些犹豫，他临上小学才从乡下过来，不爱说话，胆子小。

我的心脏怦怦乱跳，看丽娅兄妹摘得飞快，一咬牙，终于伸出了手。我哥见了，有样学样，也壮着胆子跟着摘起来。

谁知摘了没几下，就听一声怒喝：“兔崽子，小小年纪不学好！”

我们被一个路过的农民逮了个正着。

那个农民把两个男孩扣下了，只放我和丽娅回家报信，让家长去村里领人。

那天，是我爸去领回的两个“人质”。村里并没有为难他，只是叮嘱他要好好管教子女。

我爸的脸色比锅底还黑。

我哥哭得稀里哗啦的，脸上满是泪痕，还有红色的掌印。听说领他回来的时候，我爸掴了他一巴掌。

我缩在角落里，追悔莫及，深受教训。

那以后，不属于自己的东西，我再也没有伸过手。

午饭问题

眼看就要念小学了，隔壁的丽娅进了天宁寺的村小学。我爸不愿意，觉得村小学会耽误我，便想办法让我到城里去念。

正巧他有个同事，其母在城北小学教书，说可以让我去试试。

面试时，老师考我10以内的加法，我十分紧张，把手缩在衣袖里，偷偷数指头，虽然动作慢了点，但毕竟答案万无一失。

我如愿进了城北小学。

由于学校太远，我爸将我的午饭托给了农行的一位伯伯。

上学第一天，中午放学时，为了安全起见，老师让大家将书包带走。我便背着书包，去离学校不远的农行宿舍吃饭。

到了那位伯伯家里，我吃了一小碗米饭，几乎不敢夹菜。爸爸上门托付时，包了厚礼，当时那家人也很客气。我一个小孩子上门，虽然没将我赶出门去，也给我盛了米饭，却很吝啬笑容，让我如坐针毡。吃完饭，离上课时间还早，我也不作逗留，匆匆告辞了。

走到街上，我忽然一门心思想回家。从茶厂到城北小学，爸爸用自行车搭我走过两回，脑子里残余了一点记忆，于是我便往茶厂的方向走。在丽阳门过十字路口时，我差点被车撞倒，不过，好在是辆自行车。

我抱着一种很奇怪的信念，背着书包，飞快地走了半个多钟头，终于走到茶厂，在窨花车间找到我妈，她正给装满茶叶的麻袋缝合口子。

看见我妈，我第一句话问："有饭吃吗？我饿。"

中午恰好有半盒剩饭，已经冷了，我妈倒了点开水泡泡，递给我。我狼吞虎咽，很快把那半盒白饭吞下肚，然后擦擦嘴说："妈，你送我去上学，要迟到了！"

我妈哭笑不得，说你怎么来回折腾呢。无奈，她骑着我爸的"大永久"送我去学校，赶到教室，正好铃响。

那以后，我再也没去农行宿舍吃过饭。

家里给我买了个保温桶，每天一早弄了饭菜给我，让我带到教室。保温桶是两层的，上面一层盛着菜，底下一层盛着饭。

班主任钟老师瞧见了，叫我中午拎着保温桶上她家去，给我加菜。

后来，我便成了她家的常客。我很感激她。

正宗香蕉那个皮

钟老师让各小组坐第一排的同学当了组长。我的小组长，隐约记得叫蕾蕾，她家条件不错，穿的衣服是班里最漂亮的，叫人羡慕。

蕾蕾在课间跟我们炫耀，她小小年纪，已去过省会杭州，问我去过哪些城市。我长这么大，最远只到过乡下奶奶家，没去过什么大城市，实在开不了口。而她，说得眉飞色舞的时候，从书包里拿出一根黄黄的香蕉，仔细剥了皮，一口一口吃了起来。

香蕉这种水果那时在江南不少见也不多见，对家里条件好的人来说，不少见；对我家来说，真是百闻不如一见。

一股浓郁的甜香在教室里弥漫开来，我直勾勾地盯着她，差点流出口水。

好在，盯着她瞧的不止我一个。

“认识吗？香蕉，很好吃哟。”蕾蕾说。

“当然认识，我爸厂里种了好多香蕉树。”我暗中咽着口水，心里不免嘀咕，好吃吗，好吃你还吃独食？

“吹牛吧你，我爸告诉我，我们这儿种不了，是从海南岛运过来的，藏在防空洞里保鲜。”

“我爸厂里真的有种！”我急着申辩。

天地良心，我真没吹牛，只不过，小小年纪的我错把厂里种的观赏芭蕉当成了香蕉。

那几棵芭蕉树，个头不高，叶子肥大，下雨时，会被小孩子折下来，横在头顶当伞。树上结的一串串果实，和眼前的香蕉外形一致，只是体形袖珍，没什么香气。有个比我略大的孩子告诉我，那一串串果实叫“香蕉”。为了佐证他的说法，他踮脚摘下一个，可惜，那青青的果皮很不好剥，用指甲抠了半天，才抠开一点，里头渗出胶水一样的汁液，黏黏的，咬一口，整个舌头就像打了麻药。

为何我认识的“香蕉”不能入口，而蕾蕾的却如此诱人？我百思不得其解。因此，我虽然理直，却不气壮，开始怀疑厂里的“香蕉树”并不正宗。

蕾蕾吃完香蕉，随手把香蕉皮递过来，让我替她丢进垃圾篓里。

与今生尚未吃过的水果——纵然只是一块皮——能有亲密接触的机会，我当然不会错失良机。于是，我极力掩饰住内心的狂喜，一脸从容地接过香蕉皮。而旁边两个同学因为没能接到这个“好差事”，脸上都有些沮丧。

我拎着香蕉皮，小心翼翼地往教室后面走去。角落里有一只垃圾篓，静静地趴在地上。

时间仿佛停止，周围的所有景物都忽略不计，我眼观鼻，鼻观心，一门心思全在香蕉皮上。

香，真香，真的好香！

好想乘人不备把皮一口咽下去，可那香蕉皮是小组长叫我扔的，不是叫我吃的，怎么能偷吃呢？纠结。

像电影中的慢镜头一样，我慢慢地量着步子，慢慢地把香蕉皮扔下。像与热恋的情人在十里长亭依依惜别一样。

幸好，丢人果皮，手有余香。

心中雀跃不已，一不小心被我占到便宜。于是，接下来的整堂课，我若无其事地把手凑近鼻子，悄悄闻之。

回到家里，问我爸有没有吃过香蕉，并再三强调，得是正宗的，不是厂里树上长的那种。用如今的话来说，厂里的是山寨版。爸爸做思索状，说有次去南方出差时吃过。人们口中的南方北方，通常与秦岭-淮河无关，而是以自己为坐标，比自己待的地方更南，就是南方。

对我来说，南方，听起来很遥远；香蕉，也很遥远。我与正宗香蕉的关系，仍属“尚未发生”。

可是不久，我就吃到了香蕉。

那个星期天，我和丽娅结伴出来玩，我爸给了我3角钱零用。

在城区热闹的中山街，有个水果店引起了我的注意。水果店门口摆着一只柳条筐，筐里堆着一根根散落的香蕉，果皮像是炭烤一般，全是黑色。

看到这筐黑皮香蕉，我两眼直冒绿光，因为筐前竖着一块牌子，上面有几个毛笔大字：香蕉1角钱1根。

1角钱，不贵，在我的能力范围之内。

虽然读书没几天，识字不多，但基于心中的向往，我早早认识了“香蕉”二字。不然，对于那筐黑乎乎的东西，我也不敢一口咬定，就是蕾蕾所吃的香蕉同类。

我的兜里装着3角钱，丽娅的口袋里也有2角。原计划是路上买冰棍吃的。

我停了脚步，没费多少唇舌就说动了丽娅，一起去买香蕉。她也没尝过这种南方水果。我们平时见得多的是橘子、西瓜，本地盛产。至于苹果，厂里发过几次，也不陌生。

于是，我们各自花了1角钱，喜滋滋地从筐里挑了一根黑皮香蕉，边走边吃。

皮很薄，剥开的同时，看见香蕉肉湿漉漉的，仿佛要融化的样子。但是，香，还是记忆中的香，甚至比蕾蕾吃过的香蕉还香。

轻轻咬一口，那根稀烂的香蕉像雪糕一般，入口即化，甜滋滋的。

两个人吃完都陶醉了。

走出不远，我们一致决定走回头路。于是，我们快步回到那个水果店，两人各自又花了1角钱，双手捧着烂烂的香蕉，心中无比幸福。

最后，我花完了所有钱，怀揣着一根黑皮香蕉，打算回家去献宝，跟父母一同分享。可惜当我这孝女回到家时，那根香蕉早就烂在怀里，整团黏糊糊的，十分恶心。

3角钱吃了两根烂香蕉，还把衣服弄脏了。

我被老妈逮住一顿打。

好看的"相公片"

我读小学时，学校规定每周休息一天半。

周六下午，我爸来接我放学，他说："先不回家，我们去看'相公片'！"

我一听，憧憬无限。

老爸把自行车往路边一停，带我去吃了一碗馄饨，然后去排队买电影票。

童年看得最多的是戏曲，"咿咿呀呀"听得吃力，讲的无非是才子佳人挣脱封建礼教，明修栈道，暗度陈仓，搞一场轰轰烈烈的自由恋爱。小姐们开口总是"相公""官人"，然后含羞掩面。

我想，"相公片"无非也是讲相公小姐的吧。我问，电影唱戏吗？我爸说，当然不唱。我开心极了，不唱戏就好办，听得懂。

才子佳人的浪漫故事，我还是很向往的。

结果，进了影院，发现银幕上哪有什么相公小姐，就是一堆现代人在追来追去、打打杀杀，以我刚离开幼儿园的认知水准，完全看不懂。

我爸看得目不转睛，我是哈欠连连。我想，我爸不是为了带我看，其实是他自己想看吧。

不过父女连心，我也和他一样，后来渐渐爱上了“相公片”。那时有一部《白发魔女传》，刘雪华主演的，看得我纠结不已。

直到播出电视剧《霍元甲》《陈真》时，我才弄明白，老爸说的“相公片”其实是“香港片”，方言听着一个音。

与大山的亲密接触

小城被青山环绕，爬山就成了一项很常见的运动。

小时候，跟着妈妈去外婆家，走崎岖的山路，半道上有凉亭可供人歇脚，还会经过那种一尺见宽的石径，是在山腰上凿出的通道。经过时，眼睛不敢往边上瞄，因为脚底就是深涧。但这样爬山，我兴致很高，一是山上有不少好看的植物，二是我妈总会预备好多零食，给我在路上吃。

一大早开始走，要走上四五个小时，翻过几座大山，才能走到外婆家，当天就不能回去，只能住下来。这一带迟迟没有通电，晚上只能用油灯，我很不习惯，住一晚就想回家了。而外婆好不容易见到亲人，总是扯着我不放，硬要我们多留几日。大舅家和外婆家相邻，通常我们就借宿在大舅家。大舅家条件相对要好一些，然而我在山上住一回，就可能身上带了跳蚤回去。

除了去外婆家外，平时也有爬山的经历。住在天宁寺的宿舍，也能看见山。出门往北，一直走到底，大概半个小时，就能到山脚下，眼前的两座山是叫得出名字的，一座叫簸箕山，一座叫牛粪山，都是因形似而得名。丽娅读的小学离山近，山脚下也住了她的同学，她以地头蛇的身份，春天会带我去簸箕山或牛粪山摘花，摘的是红彤彤的映山红，我们叫“山茶花”。丽娅喜欢把花摘进嘴里嚼，说酸酸的，滋味不错。我不敢尝试，听说吃了会流鼻血。

读小学后，学校组织了一次爬山比赛。

我摩拳擦掌，跃跃欲试，觉得以我的经验，拿个奖什么的不在话下。

到了规定的时间，我和同学们排着队，前往指定的山脚集合。经过一块土包时，我在凸起的石头上搭了一把手，旁边叫陈什么雷的男生看见了，哇地叫出来，我问出什么事了，他指着土包说：“你完蛋了，这是坟啊，你手伸去碰过了，晚上死人骨头要来找你了……”我的小心脏被吓得怦怦乱跳。

其实在老家的山上，那样的坟包并不少见，我长大后也不觉得害怕。清明扫墓时，也要爬山去祭扫祖坟。可当时年纪小，被一句话吓得够呛。

马上要开始比赛了，我因为陈什么雷的那句话，心情忐忑，全没了爬山的兴致，就借口不舒服，放弃参赛，并自告奋勇地替同学们保管脱下来的衣服。

摸过坟的那只手，由于心理作用，隐隐不适，我就在保管的衣服上蹭来蹭去，反复擦拭，觉得这样手会干净一些，一直到同学们从山顶下来。

晚上回去，我并没做什么噩梦，也没什么东西来找我，虚惊一场。回想起来，那天我用手蹭得最多的，好像就是陈什么雷的外套，谁叫他吓唬我呢。

钓水桶

大院里有两口井，一口早些年就废掉了；另一口是新井，有10米深，差不多3层楼那么高。在通自来水以前，两幢宿舍楼里的人喝的用的全是井水。

各家用来取水的桶，五花八门，白铁皮的居多，也有木桶、塑料桶，还有人用油漆桶、废的塑料水泥桶来打水。

打水是有窍门的，拉着绳子，将桶浮于水面，用力往回一倾，水满桶，就可以拉上来。如果只装了半桶，就再也打不满了。我经常打到小半桶水，也不气馁，反正装满了我也拎不动。我哥手劲大，把桶倒过来，扔进井里，多半能直接打满。有一回，他带我到井边洗脚，故技重施，把桶倒扣着扔向井里时，绳子忽然断了，铁皮桶咕噜咕噜喝饱水，沉没了。

家里只有一只桶，这下闯了祸。好在我爸没说什么，因为沉桶是常有的事，几乎各家都有桶坠入那口井里。

我爸拆下了扁担一头的铁钩，绑在一根很长的竹竿上，伸下井去钓水桶。竹竿在水里浮力大，他钓得很费劲，但一无所获。

家里又买来一只新桶，绑了更结实的绳子。

我妈舍不得沉掉的桶，找来一卷很长的麻绳，绑了那铁钩，每天到井台边去钓桶，只钓上来一只破胶鞋，里面灌满了泥沙。我觉得好玩，有一天，趁她没注意，偷偷拿了钩绳，伸到井里去钓桶。钓着钓着，手上一沉，好像真钩到什么东西，想拉，又拉不动，兴奋地大叫。

我妈闻讯赶来，接过绳子，慢慢地拉上来。等拉到水面，见钩子上果然有一只桶，却不是我们家沉掉的那只。

我妈把桶拉上来，搁到井边，觉得有些眼熟，跑到丽娅家一问，果然是她家的，沉了有大半年了。

丽娅妈端了盘塌饼给我吃，聊表谢意。

后来很长一段时间，我坚持不懈地每天去钓桶，我妈很开心，觉得孩子懂事了，继承了她勤俭持家的美德。

其实，我一门心思是想钓着别人家的桶，因为塌饼的味道还不错。

英语启蒙教育

小学时，学校还不曾开设英语课。听说天宁寺村有个读高中的姐姐会讲外国话，叽里呱啦的，我们都很崇拜。一群小孩慕名跑去，我也混在其中。

那天，我接受了英语启蒙教育。那姐姐很热情地教我们，“早上好”，英语念“狗头摸你”；“晚上好”，英语念“狗头已服你”，我们很快就记住了。我一直好奇，把我的名字翻译成外国话该怎么念。姐姐就指着我们，用英文挨个儿叫了一遍。我一听，原来名字还是那个名字，只是变变调儿，把普通话念出一股洋腔罢了。我福至心灵，觉得自己已经学会讲英语了。

回到家，我兴冲冲地对我妈吹嘘，说我会讲外国话了。我妈听了将信将疑，叫我讲两句听听。我得意扬扬地甩出那两句——

“狗头摸你。”

“狗头已服你。”

我妈听了直乐，怎么外国人这么粗鲁，问人家好，听起来像骂人一样。

我又献宝说：“妈，我还能把你的名字翻译成外国话。”

我妈忙问怎么说。

我张嘴带着洋腔，很顺溜地说出她的名字。我妈听完愣了一下，我当她没听清楚，又大声说了一遍。话音刚落，我妈一个耳光甩过来，骂：“这是哪门子外国话，阴阳怪气的，分明是拿你妈的名字唱山歌！”

投宿无门

冬夜里，忽然有几个老乡找到我们家。

那几个人都是我奶奶村里的，和我爸同宗，一个姓的乡亲。论理，家里应该好好招待，让他们住下也不为过。可惜我家实在太挤，住不下那么多人。那时，两家人合住着一套小房子，一家一个卧室，外面的客厅公用，停放自行车，堆点杂物。

那几个老乡都自己带了铺盖卷，是从外地打工回来，要在车站转车，才能回到乡下。晚上舍不得旅馆，找到茶厂，一路问到我们的宿舍。

老乡说："只要容我们在你家门口打个地铺就行。"

我爸却不肯，说门口太冷，睡一夜会生病的，叫他们到车站附近找个旅馆。老乡求了半天，见我爸还是不肯，只好悻悻地走了。

我妈跟我爸发脾气，说他死脑筋，得罪人："人家只是要借你家门口睡一夜，就算冻病了也不会怪你，现在他们回去，肯定要骂你了。"我当时小，大人讲话插不进嘴，但心里也觉得爸爸不近人情。那大半夜的，几个人找上门来，又不得不离开，不知最后睡在哪里，也许直接去车站挨一夜吧。

被我妈言中，那几个人回到乡下，就四处诉说，说爸我进城忘了本，看不起老家的人了。

过年时，我以为回乡要遭到冷遇，没想到我爸和老乡很快就尽弃前嫌。当时，正赶上村里在通电，爸爸这个城里人虽说不是电工，但对电灯电线却不陌生，比村里人要懂得多，就帮着左邻右舍接电线、装电灯。于是，村里的风言风语很快就平息了。

摘葡萄的小姑娘

有一天，我爸用报纸裹回来什么东西，我以为是好吃的，谁知却是两截枯树枝。我爸说，这是从农科所讨来的，插到泥里，明年就有葡萄吃了。

果然，两棵葡萄树在我家门前一左一右很快生根发芽，长出几片新叶。渐渐地，藤蔓爬到一起，你中有我，我中有你，已经分不出哪棵是哪棵了。

葡萄藤爬得很快，茎叶葳蕤。延着藤蔓，我爸用竹条、铁丝搭了架子，到第二年春天，果然就开了花，结出一串串小小的葡萄。

我从来没想过葡萄的生命力那么强，一大片密不透风的葡萄叶，成了左邻右舍的遮阳棚。

夏天，我们喜欢坐在葡萄架下吃晚饭。

哥哥去厨房里搬出大方凳，把揉面用的大砧板搁上去，就成了简易餐桌，我负责把几条小板凳摆在四周。

家里不多不少，正好四条小板凳，形状不一，材料也不一，都是爸爸自己拼搭的。

一家四口，其乐融融。

那是记忆中最快乐的时光。

面前是香喷喷的饭菜，或者，还有瓶老酒。

一抬眼，一串串的葡萄就悬在头顶，令人垂涎欲滴。

到了葡萄成熟的季节，正是暑假，我便从早到晚泡在葡萄架下。那是最虔诚的守候。

两棵葡萄的品种不同。一棵熟了是黑紫色的果实，颗粒小，吃得不过瘾，另一棵的果实又大又红，熟得晚一些。我日日盯着，哪颗葡萄稍稍变了色，透出一丝红或紫，我就忍耐不住伸出手。

这时节，把葡萄摘光、吃光，是我的理想。

可高处的葡萄，我是摘不着的。

够得着的葡萄，没等熟透，早被我摘了，吃起来有些酸、有些涩；够不着的葡萄能在树上多留几天，慢慢熟透了，越看越诱人。

狐狸说吃不着的葡萄酸。

我比狐狸聪明，稍高的葡萄，我自己踩着方凳就够着了；再高的葡萄，得在方凳上加一条小凳子，或者需要两条方凳，就由我哥出马。

他负责摘，我在树底下仰着头，一手扶凳子，一手拿小脸盆。我哥剪了整串的，我就把脸盆举起来，葡萄就轻轻落在了脸盆里。

人总是善于运用自己的优势，我哥在高处采摘，看到又大又熟的葡萄，随手就塞进嘴里，大快朵颐，我在底下干着急，出言抗议。

站在上面的那个人，对底下的抗议声充耳不闻，照吃不误。

我一急，伸手就去拉他的衣角。

没想到他那件T恤不禁拉，“刺”的一声，整件衣服被我一把扯成两半。

哥哥光着膀子，狼狈地摔了下来。

这下闯祸了。

我“哇”的一声哭开了，一半是吓的，一半是兵法。

我哥长我两岁，高我一截，我一直被他欺负。有一天，我不知怎么，忽然开窍，乘其不备，痛打他一拳，然后逃开，哭。

大人闻讯赶来，以为是大的欺负小的。弱势群体，需要保护。于是，我哥不但挨了我一拳，还挨了大人的揍，成了窦娥。

这一次也不例外，我扯坏了我哥的衣服，闯了祸，挨骂的还是他。

他的T恤成了家里的两块抹布。

接下来好几天，两个人互不理睬，于是，谁也吃不着高处的葡萄了。

熟透的葡萄，一颗颗坠到地上，摔烂了，空气里充满了甜香腻人的气味。

我有些痛心疾首，主动去搬凳子，哥哥也顺坡下驴，爬到两条凳子上，示意我扶稳了。

这回，我们合作愉快，摘了满满一大盆，吃得特别甜。

家有“仙鸡”

早些年，大院里有不少人养鸡。在厨房门口用砖头砌个鸡窝，鸡窝上用油毛毡子搭个棚，堆点杂物，雨淋不着，离地1米多高的地方，另外用筐垫了稻草，这是鸡下蛋的窝，底下那个是睡觉的窝。

那时的鸡，都是放养的，院子里，鸡屎随地可见，我们也学会了视而不见，不小心踩到了，鞋底随便在地上蹭几下了事。要喂鸡时，我只要咕咕喊几声，鸡就会成群地跑过来，有时也会招来别人家的鸡。

鸡都很聪明，教两遍就能认窝，睡觉会钻进底下的窝，下蛋也懂得飞进上面的窝。一家不止一只鸡，有时一只鸡先占了下蛋窝，另一只忍无可忍，会跳进别家的窝里，被发现了，主人会郁闷得不行，怀疑有不少鸡蛋便宜了别人。

我家养过一只芦花鸡，是从外婆家抱来的，毛色灰不溜丢，毫不起眼，下蛋却很勤快，一天一个，隔一天还是双黄，连着下了不少。可惜有一天忽然失踪，我们找遍大院，最后在围墙外不远的露天粪池里发现了它的尸体，全家人都很伤心。

春天，有担小鸡来卖的贩子，我跟着大人围上去，挑选鸡崽。有时鸡贩子不来，爸爸会到农科所去买鸡崽。听说，那里的鸡蛋都是用电灯照着，用高温孵的，时间一到，没孵出来的，就当成孵退蛋，很便宜卖了。有些人买回去吃，煮熟后，敲破蛋壳，里面是成形的小鸡。我觉得吓人，不敢吃。有一回，爸爸带回来12只孵退蛋，装在鞋盒子里，用电线拉了一只灯泡，放进盒子，在房间里日夜照着。到了第二天半夜，小鸡全都破壳而出，没有浪费一只。我半夜听到“叽叽”的叫声，爬起来看，觉得这是生命的奇迹。

用灯泡孵出来的“金陵十二钗”，其中一只生性孤僻，不合鸡群，却喜欢黏着人，我们只好小心翼翼地走路，避免踩到它。它跟着我跑进跑出，我做作业时，就静静地栖在我脚边，闭眼假寐。它不肯和别的小鸡共寝，一到夜里，就钻进我的床底下，不肯出来。后来，床底就成了它的卧室，我怀疑它的本意其实是想睡到床上，因为有两次醒来，我发现它倚在我的枕边，睡得正香。好在它从来不在屋里拉屎，很讲卫生，身上也很清爽。可惜，这只小鸡最终没有长成，一次打雷时，被吓得乱窜，失足落进了臭水沟。捞出来时，已经奄奄一息。

有时，我们会让家里的母鸡孵小鸡，可惜每次都有几只蛋是孵坏掉的。那只芦花母鸡在有生之年，也曾做过一次光荣的鸡妈妈，20只蛋孵出12只，毛色有白有黑，其中一只，毛色也是灰不溜丢，也喜欢下双黄蛋，算是继承了其母的衣钵，让我们感到安慰不少。

还有只大公鸡长得异常漂亮，身上的羽毛金灿灿的，墨绿的尾巴长长的，鸡冠又红又大，能飞到两层楼那么高。我把这只大公鸡当成看门狗，有时带着它去吓唬小孩子。有次，有个小孩的手背被啄了一口，家长找上门来，我妈当着那人的面，拿菜刀抹了公鸡的脖子。我哭了两天，后悔莫及。

回想起自己上幼儿园时，也被公鸡吓到过。那只公鸡放养在幼儿园附近，非常凶猛，见人就扑上来，吓得小孩去幼儿园都要大人陪着。它也啄过人，别人找上门，鸡主人眼一瞪，说是畜生啄的，又不是他啄的。这话让人恨得牙痒痒的，我泄愤说：“小心我放老鼠药给它吃！”隔了几天，鸡主人却自己把鸡宰了，原因是那鸡忽然夜啼。有人说，公鸡夜啼不是好事，会起火灾，鸡主人深信不疑，连夜就把鸡宰了。我听说后很开心，觉得人间从此少了一个祸害。如今，被我的公鸡吓过的孩子，听到杀鸡的消息，肯定会笑歪嘴。这样一想，我就更伤心了。

偷鸡贼

“偷鸡贼，偷鸡贼，半夜三更来偷鸡，我们正在做游戏，一把抓住偷鸡贼，偷——鸡——贼！”这是我们玩游戏时哼的一首童谣。

这童谣不知是谁编的，编得挺离谱，半夜三更的，偷鸡贼不睡，我们居然也不睡，忙着做游戏，等着抓贼呢。事实上，我们那儿的偷鸡贼技术专业到家，从来不曾失手被擒。

每到年三十，大院里家家户户都忙着杀鸡剖鱼，鱼是去菜场买的，鸡多半是自家养的。我不敢看杀鸡，鲜血四溅，觉得很残忍，但在饭桌上，我吃得却是最欢的。可是，自家养的鸡能不能端上餐桌，得看偷鸡贼来不来光顾了。

过年前几天，常有偷鸡贼出没。接连两年，我们院里留着过年早上杀的鸡，都在过年前两日被偷鸡贼摸走了。

大年三十，大人们一早起来忙碌，一个个惊叫起来。我爸给鸡窝门加了坚固的大锁，以为可以防贼，谁知还是不能幸免。我家的鸡窝，砖头被人卸了两块，锁好的鸡窝门歪倒在一边，鸡是一只也不见踪影。但除夕宴席不能无鸡，我爸只好去菜场买了一只。我妈心疼鸡，又心疼钱，说我们过年，贼骨头也过年了。

被偷的人家其实都很心疼，几户被偷了鸡的，都是难兄难弟，都好过不到哪里去，彼此发发牢骚，心里总算找到几分安慰。单身汉刘叔叔没有养鸡，他搔搔头发说，难怪半夜里好像听到几声鸡叫呢。养鸡的人就怪他怎么不声张。刘叔叔扯着嗓门说，怎么没声张，我咳了好几声呢。养鸡的人只好自己叹气。

其实被偷了鸡的，都怀疑贼骨头是村里人。我们院子后面，隔墙住着个无赖，皮肤黝黑，平日游手好闲，不事生产，夏天会骑辆破车走街串巷，后座上放个木头箱子，沿路吆喝："棒冰哪，5分钱的白糖棒冰……"有次把化掉的棒冰卖给我，被我妈发现了，说他欺负小孩，一口气追出好远，人早就跑没影了。冬天时，他不知窝在哪里，和别人打扑克赌香烟，也赌钱，1角2角的。有次半夜赌钱回来，摸了只土狗炖火锅，狗主人找上门来，他起初不认账，后来让人翻出了狗皮，被打个半死，绑在树干上，脖子上挂块牌子，示众了两天，小孩都去吐过唾沫。

一墙之隔，无赖对大院里的动静再熟悉不过。之所以怀疑他是偷鸡贼，是有人亲眼看见，年三十早上，他在菜场卖过鸡，还是一大笼。我妈听说了，想赶去菜场认认鸡，可是人家已经卖完走人，挥一挥衣袖，不带走一根鸡毛。

被偷出了经验，后来临近年关，爸妈每晚临睡前，打着手电，把钻进窝里睡觉的鸡一只只抓出来，关进竹笼子，拎到屋里。鸡不适应，整夜不眠，咕咕乱叫。全家人耳朵不清净，鼻子也受罪。

忍了两天，忍无可忍，爸妈就提前杀鸡，杀完了晾在风口，要么用盐抹了，要么用酱油腌渍，虽然另有风味，却尝不到新鲜的味道了。

我妈说，就算鸡肉放馊了，也好过白白替贼骨头养。

打牙祭

在奶奶家过年时，听说大舅家打到一头野猪。

我便嚷嚷着要吃野猪肉。我妈也动了心思，便带我去大舅家打牙祭。

奶奶家离镇上只有几步之遥，而大舅和外婆都住在山顶。为了打牙祭，我两脚走得酸痛，走了一天的山路，翻过几座大山，才到大舅家。

大舅家还有别的客人，和我们凑成一桌，那家也来了个小孩，胖墩墩的，比我略大几岁，我便叫他胖哥。小孩子不怕生，很快玩在一起。我们一起到水塘边放鞭炮，胖哥的胆子很大，鞭炮敢直接拿在手上放，我就有些崇拜他。

舅妈灶前灶后地忙碌，一大锅的野猪肉端上桌头，香喷喷的，勾引得我食指大动，口水横流。

胖哥见了，问我："听说城里人现在不兴吃肉了，倒喜欢吃青菜？"

我听了有些羞愧，却还是打肿脸充胖子，说："那是，天天吃肉，都吃腻了，吃青菜换换口味。"

我为自己的话付出了沉痛的代价。

开饭时，我举起筷子刚要夹肉，胖哥的眼风直扫过来，一脸鄙视的样子。为了维持"城里人"的形象，我只好装模作样，忍痛割肉，改去夹青菜。

整顿饭我吃得索然无味，饭就一粒一粒地数，目不斜视，吃相要多斯文有多斯文，要多城里人就有多城里人，心里别提有多委屈了。难道我千辛万苦翻过几座大山，就为了来大舅家嚼青菜？

大舅见了，对我妈说："你这囡，只吃青菜不吃肉，难怪养得这么瘦！"

我妈讪讪地笑，在桌底下狠狠拧了我一把。这是嫌我关键时候掉链子，在家吃肉不要命，出门就冒充和尚改吃素了。

舅妈说："看，人家的娃不挑不拣，养得多好。小孩就该多吃点肉，身上才长肉。"

我忍痛抬头，看见胖哥跟抢似的，碗里好几块野猪肉，筷子上还夹着一块，吃得满嘴是油，不亦乐乎。

乞讨拜年

我爸的老家在一个叫东岸的自然村。村里的人，除了娶进来的媳妇外，都是一个姓，拜祭的也是同一个太公，听说他13岁就中了秀才。奶奶还健在时，每逢春节，我们就会搭乘客车，回东岸过年。

东岸的拜年习俗很特别，从大年初二到初五，家家户户的小孩都出门，到村里各家去拜年。

大清早跑到别人家门口，拖着音调喊一声：拜年啦——

那户人家马上跑出一个人来，手上端着家里的年货零食，主要是花生、瓜子、烤薯片、爆米花、米糖等，把这些零食倒在小孩准备的容器里。有的小孩带个大钵盂，有的干脆把头上的帽子摘下来装吃的。

不少孩子趁这几天工夫，积攒一大堆零食，盛在瓦罐里，慢慢吃，可以吃到元宵节以后。

早上，我还没起床，就有小孩在门口喊：拜年啦——

奶奶手脚麻利，笑呵呵地去端零食了。

我也很想去拜年，每家的零食风味不一样，而且，小孩总是无端认为别人家的饭比自家的香。

可我不敢去，这种拜年习俗，有点像乞丐行乞，我脸皮薄，不好意思。而且我和村里的人也不熟，听得懂此地方言，苦于不会说，虽然这一句容易学，多问我几句，也就抓瞎了。

有一天，在表妹的怂恿下，我终于鼓起勇气，跟她一起去拜年。

她预先把那句“拜年啦——”反复教我，我其实早就烂熟于心，只是羞于启齿。

走到一户人家门口，我表妹咳嗽一声，我就壮着胆子，用此地方言来了一句：拜年啦——

只是声似蚊音，表妹极为不满，说这么小声，人家怎么听得见呢。

我红着脸，正要补上一句，那家就走出一位大婶，热情地招呼我们：“来拜年啦，你们稍等一会儿。”说完就回屋拿零食了。

真是得来全不费工夫，我冲表妹挤挤眼。

过一会儿，大婶就出来了，手上端着一只大海碗，装得满满的。

大婶问：“给你们装哪儿呢？”

我这才想起，两人手上空空如也，连瓦也没拿一片。

最后，我撩起棉袄，让大婶把零食倒在我的衣襟上。

首战告捷。

人一旦有了第一次，就会有第二次。第一次害羞，第二次就习以为常了。半天下来，脸皮练成铜墙铁壁，声音响若铜锣，“拜年啦”喊得顺溜极了。

我们辗转了几户人家，衣服上堆满了零食，实在堆不下了，这才兴冲冲地跑回奶奶家，叫奶奶找个瓦罐来装。

处理完战利品，才发现我的新棉袄上早已沾满油渍。

春节还没过完，我妈很克制，强忍着没揍我。

白头翁和富翁

一年级已经开始学组词了。

语文老师留的家庭作业，常要我们给生字组词。那天的生字中，有一个“翁”字，由于课文里我们学的是“白头翁”，一种鸟类的名字，所以全班同学所组的词和清一色的麻将牌似的，都是“白头翁”，只有我是个例外。

那时候，我喜欢看连环画，即小人书。我从半图半文的书中认识了不少字。我有一本小人书，书名叫《神灯》，是《一千零一夜》中的故事。《神灯》中有一段内容，讲到主人公阿拉丁从穷小子一夜暴富，成了远近闻名的富翁……于是，我组词的时候，脑子里自然而然地迸出“富翁”两个字，就随手填了。

结果，语文老师点评作业时，当众表扬了我，夸我知识丰富。

此后，每当我看课外书，受到老妈阻挠时，就翻晒出白头翁和富翁的例子，摆事实，讲道理，不看课外书，是学不好语文的。老妈只好作罢，悻悻然走开。

可见，开卷有益，这是颠扑不破的真理。多阅读，不但能丰富词汇，还有助于强词夺理。

六角礼包

曾经，逢年过节礼尚往来的，都是形状统一的礼包，叫六角礼包，又叫纸生包。

礼包里的东西，不外乎橘饼、白糖、冰糖、红糖、红枣、荔枝、桂圆。总之，都是能入口的，都是干货，味道必定是极甜的。分量不多，只是一小包，但甜味就是一个好兆头了。那时候，我和周围的人一样，感觉嘴里清淡无味，总盼着吃甜食。也许，越是苦日子，人们就越盼着尝甜头。嘴里甜，能甜到心里，生活也仿佛甜了起来。

六角礼包的外包装是一张马粪纸。马粪纸是用稻草和麦秸等原料做的，只是加工较粗。因这种纸比较粗厚，颜色比较黄，人们就叫它马粪纸。之所以那时用马粪纸包礼物，一是这种纸结实，不容易破包；二是礼物分量太小，有点拿不出手，经厚厚的纸一包，就像样多了。

六角礼包，包扎得很漂亮，前后六个角，形状类似立着的畚斗，正面覆一张红纸，上面写两个黑字，注明礼包内容。扎礼包的绳子，是当时通用的细纸绳。

春节时，拜年走亲戚，礼包得一家送一个。我妈准备礼包时，数量会经过反复掂量。她很精明，礼包从不买足，因为我们送人礼包，隔天，也能收到别人的回礼，便可循环派上用场，再送去另一家，兜兜转转，可以少买好些包。礼数不可少，但也要经济实惠。

谁知，那年我妈的计算出了偏差。一早到后甫伯伯家拜年，伯伯却临到元宵节才来回访。在此之前，我妈一直念叨，怎么还不来呢，怎么还不来呢。无奈，别家也拖不得，只好另买礼包救急。

而那个姗姗来迟的礼包，我们只好自己吃了。因为过完正月十五，拜年告一段落，各家礼包就不再送出，怕过期，怕受潮，就忙着拆礼包，能直接吃的，一家人分着吃了，白糖、红糖之类的，也得赶紧装罐贮藏。

我妈拿起伯伯送的“橘饼”包，正要拆时，却翻来覆去地看，忽然叫起来：“这是我亲手打的包、缠的绳子啊！”原来这个礼包就是我们家送出的，没想到伯伯又完璧归赵了。我妈有点不悦，觉得伯伯家不会做人。因为她总是考虑周详，送白糖的回红糖，送荔枝的回桂圆，每一份礼都像真心实意特地买的。

我爸看得明白，解释说：“他们家客人多，去拜年时，你没见墙角那篓里堆的包有几十个啊，送来送去，哪搞得清是谁家送的。”

我妈一听，也就释然了，笑说便宜了家里的兔崽子。她动手拆包，招呼我们吃橘饼。等她拿起半块要递过来时，却一下子伤心了，因为这礼物放了大半个月，早就长出了白毛，不能吃了。

我是茜茜公主

小时候，有部叫《茜茜公主》的影片，我看过很多遍，幻想自己就是美丽的公主，遇见英俊的弗兰茨，从此过上了幸福的生活。当然，幻想总归是幻想。不过，我的人生，却有一段和茜茜颇为相似的经历。

少年时代，我骨瘦如柴，身体孱弱。跨入小学大门，第一学期期中考试刚过不久，有堂体育课，按要求绕着一个大圈跑，我跑了二十几圈，上气不接下气，脸色惨白。回到家里，半夜发起高烧，送到医院一查，急性肾炎，化验单上3个+。我不懂+是什么意思，只是隐约明白+越多越严重。

当时我不知何谓肾炎，一度以为是“神炎”，也没觉得怎么不舒服，并没放在心里。我爸却连脸色都变了。

医生让住院，我爸觉得小孩住院可怜，坚持把我接回了家，在家里休养。我每天躺在床上，大人去上班时，就一个人关在家里，吃饭时，只有一碗稀饭和一碗包菜，菜不加盐，难以下咽。为了改善我的胃口，我爸买来了不需忌口的淡盐，果然是淡的，吃不出一点盐味，饭菜照旧难以下咽。

我度日如年。

唯一的娱乐是听广播。那时家家户户都装有一只喇叭。每天有固定的播出时间，早上播一会儿，就没了声音；临近中午，又会响起来。连广播也没声音的时候，我睡不着，唯一的消遣是翻书，看课本自学。我爸下班回来，就叫他给我听写生字。

我老是问，什么时候才能去上学，我爸就顾左右而言他。

休养了一个多月，再去复诊。医生给我抽血化验，先抽左手，抽不出，又换右手，最后把我摁在病床上，从脖子上抽的血。那时起，我对抽血就产生了本能的畏惧，每次体检验血时就如履薄冰，也不曾献过血。并非我觉悟低，而是童年留下的阴影。

复诊的结果是，病情更加严重，变成了4个+。

我爸将我从小儿科转到中医科，中医科的墙上挂着一面面锦旗，接诊的是一位中年女医生，面色和蔼，听说颇有名气。她仔细看了我的病历卡，我急切地问医生："我能去上学吗？"医生笑了，点头说："可以！体育课先别上，不要做剧烈运动。"接着给我开了几服中药，连盐也没有给我禁，可以让我少吃一点。

我那时说不出的喜悦，眼泪都快涌出来了。

记得那天下了一夜的雪。第二天，我起了个大早，天上还飘着鹅毛大雪，地上的积雪很厚很厚。我妈劝我，是不是晚两天再去上学，我不肯。妈妈只好给我穿上厚厚的棉袄，爸爸给我戴上他的雷锋帽，捂得严严实实，再戴上棉手套，穿上雨靴。

上学都是爸爸骑车带我，那天，车子是没法骑了。爸爸牵着我，两个人深一脚浅一脚，往城里的学校走。走了近2个钟头，到教室时，8点钟的

上课铃声已经响了。

爸爸帮我从雨靴里倒出一块冰疙瘩，再把手里的书包和保温桶递给我，在教室门口跟老师聊了几句，就走了。

我坐在教室里听课，心情激动，终于觉得自己像个正常的孩子了。

上了没几天课，就要期末考试了。班主任钟老师怕我跟不上，找到我爸，劝他让我休学留级，因为我脱了近半学期的课，期末考试很危险。我爸不甘心，说："让她考一考吧，考不及格，就留级。"期末考试的结果，语文和数学我都考了满分。期中考试和期末考试，我的成绩单上4个100分，非常耀眼，成绩在班里排第一。

爸爸很欣慰，更欣慰的是，我去上课以后，健康便日渐好转，再去复诊时，身体已然痊愈，就像奇迹一般。之后这么多年，也不曾复发。

电影《茜茜公主》是三部曲，第三部叫《皇后的命运》，影片中，茜茜忽然得了肺炎，孤独地躺在与世隔绝的地方静养，病情日趋严重。后来，茜茜的母亲把她从病榻上拉起来，陪着她周游世界，结果，肺炎病症不药而愈。

我每每看到这一段，就会产生共鸣，原来我也是茜茜公主，和她一样，奇迹般地战胜了病魔。生活中，不需要魔术师，我们也能见证奇迹发生。乐观面对生活，一切都会好起来。

“三好学生”的表现

期末考试之后，领成绩单那天，看到讲台上有一叠奖状和两朵大红花，同学们纷纷猜测都是奖给谁的。

老师先宣读了学习积极分子名单，被点到名字的同学上台领小奖状，领到的同学，兴奋得红了脸。当时没想到自己能得奖，我只是坐在位子上替他们高兴，心里还是挺羡慕的。最后，老师宣布有两位成绩优异的同学，被学校评为“三好学生”。

老师念到的名字，是我和一个叫冯侃侃的男生。全班只有我俩的成绩达到了“三好学生”的要求。

当年的“三好学生”，认定标准是语文、数学95分以上，其他如体育、音乐、美术、思想品德等次要科目85分以上。其实我并没有达到标准，由于生病，我无法参加体育考试，那个85分必定是老师出于恻隐之心送的。

我愣了愣，没反应过来，被后面的同学推了一把，回过神来，又惊又喜地走到讲台上。

老师把最大的两张奖状颁给了我和冯侃侃，还把大红花别在我们的胸前。

放学后，我把奖状小心翼翼地卷起来，用橡皮筋扎了，那朵红花别在胸前，舍不得取下来。

我昂首阔步近一小时，走回家中。路上，不少行人侧目，看我胸前的红花，我沾沾自喜，整个人几乎足不沾地，可以说不是走回去的，而是飘回去的。

回到家里，我别着大红花，总觉得要做点什么，才衬得上“三好学生”的荣誉称号。

于是，我便拿起扫帚开始扫地。

我在葡萄架下很快扫了一圈，不过瘾，又到厨房里面扫。

茶厂宿舍的厨房与卧室并不相连，而是独立的一排瓦房，每户一间，不过几平方米，里面很窄，没有窗，靠墙立着一个杂物柜，柜子上架着一个碗橱，旁边立着一张小圆桌，地上搁着煤球炉，最里面是一个烧火的灶台。

我很卖力地扫，想要把厨房扫干净。不想，我妈在杂物柜底下藏了一瓶煤油。这么隐蔽的地方，平时怎么也碰不着，我急于表现，有心把家里的卫生死角全都清理干净，于是把扫帚伸到柜子底下，用力一挥，就听“咣”的一声，那只油瓶便“寿终正寝”了。

煤油淌了一地。我妈闻讯赶过来，差点滑了一跤。

之后，我妈逢人就学祥林嫂，说：“这丫头，平时懒得骨头滴水，连油瓶倒了都不扶，得了‘三好学生’，倒是勤快得把洋油瓶都打掉了！”

鲜艳的红领巾

班里，我是第一批加入少先队的。

在那之前，我还不懂什么叫少先队，就是老师拟了一批名单，我就成了其中之一，成了光荣的少先队员。

于是，鲜艳的红领巾，让一部分人先戴起来。

大家到操场排好队，一个人分到一个高年级的学生，一对一，帮忙戴红领巾。我的注意力集中在帮我戴红领巾的大男孩身上，因为他的样子实在太丑，主要是妆化得丑。因为要上台表演，他脸抹得跟猴子屁股一样，两根眉毛还连在一起。

看不下去的东西，我总是忍不住反复看，不停地恶心自己。不过，他在替我戴红领巾的时候，距离太近，产生了灯下黑效应，让我忽略了他的丑，只看见飘扬的红领巾，鲜红鲜红的。

谁知大男孩手艺差，绑了解，解了绑，半天才绑出一个难看的结，我等得快不耐烦了，他还没绑好，我忍不住扯着红领巾，凑在鼻子前闻来闻去。

大男孩问我干吗呢，我说："老师说，红领巾是革命烈士的鲜血染成的？"

“嗯。”他点头。

“我闻闻有没有血腥味，那气味我受不了。家里杀鸡时，我都会逃开的。”

一本《故事会》

爸爸喜欢订报刊，就算经济再紧张，这项开支也没节省过。小时候，家里订的报纸主要有《参考消息》《报刊文摘》《文摘周报》《采风报》，杂志是《故事会》《山海经》，还有《大众电影》《中国钓鱼》。

所有报纸，看完了也不扔，我爸总是按年份整理好，放在角落的一张方凳上，几年下来，方凳上堆得很高。杂志则藏在柜子里，按年份捆好。

这些报纸和杂志，不管懂不懂，我每期必看。小时候看的故事，有些至今还能复述出来。每到寒暑假，我就把往年的《故事会》拎一捆出来，解开绳子，翻开来复习一遍。《山海经》的封面大多是古代仕女图，我会拿一张半透明的纸覆在图上，仔细地勾描下来，上了色，贴在床头的墙上。当时并没想过，长大后我也能写写故事，发表在各种故事刊物上，包括这两家。

关于杂志，起初爸爸都是通过邮局来订的，送到单位。但传达室的人收到杂志后，总会在封面写上我爸的名字。我爸有点心疼，嘴上不说，心里嫌人家字丑，把杂志封面弄丑了。有时，杂志会被别人翻得破烂，才传到我爸的手里，如此这般，我爸就更心疼了。

后来，家里的杂志大多改成零买。

那天，学校包场，到文艺会堂看电影，我爸给了我几元零用钱，方便我看电影时买零食吃。结果，我在进会堂前，看见门口有卖《故事会》，想起这一期家里还没买，就掏出钱买了一本，准备回家让我爸高兴高兴。

电影开始前，我拿着《故事会》去厕所。那种老式厕所都是蹲位，斜斜的坑道通下去，底下能看到令人恶心的粪便。拉开门进去，脚得小心翼翼踩在蹲位两边凸起的“大脚印”上。当时，我只顾留神脚底，却忘了手上的《故事会》，只听“啪”的一声掉下去了，正好落在坑里，但卡在中间，没有一下子滑到坑底。

我一下子蒙了，刚买的杂志，还没看呢，又没有钱去再买一本。

正站在坑边纠结，这时，我遇见了一个活雷锋，就是排在我后面上厕所的大姐姐，她居然忍着恶臭，伸长手臂，将那本《故事会》替我捞了上来，还好心地告诉我：“你拿去水龙头那儿冲干净吧。”

我马上跑到水池旁边，将《故事会》整本洗了一遍。

电影开场时，我坐在座位上，那本《故事会》放在座椅的扶手上，摊开晾着。旁边的同学说：“好臭啊，谁放屁。”

放完电影，杂志也晾得半干了。我小心翼翼地将皱巴巴的《故事会》带回了家。

跟爸妈一说这其中的曲折，我妈哭笑不得，说：“平时也没见你这么节省啊，掉茅坑里的东西，还大老远地捡回来，你不嫌脏，不嫌熏得慌？”

“波比”的启发

小学时写日记，为了达到规定的字数，同学们是虾有虾路、蟹有蟹径。我一度为日记字数而烦恼，直到在《故事会》上读到一则笑话——

作文课上，老师让同学们写一篇作文，题目是《我的小狗》，要求不少于150字。小明想了一会儿，开始写道：“我有一条狗，我叫它波比。我喜欢这条狗，它全身都是黑色的，只有头颈是白色的……”小明停下笔来，数了数，字数还差得远。他搔了搔头皮，考虑了几分钟，继续写道：“我每天带波比去公园里散步，天下雨我就不带它出门了。我经常给波比洗澡。它喜欢洗澡，我也喜欢给它洗澡。”他停下笔来看了看，字数还是不够，叹了口气又继续写道：“波比喜欢吃糖，我经常给它喂糖，可有时候家里没有糖了，我就不给它……”小明绞尽脑汁，再也想不出什么来了。他搁下笔，停顿了很长时间，脑子里突然闪过一个念头。于是，他飞快地写道：“当我想叫波比过来时，我就喊道：‘波比！’如果它不来，我就再叫：‘波比！波比！波比！’如它还不来，我就再叫：‘波比！波比！波比！波比……’”写到这里，小明数了一下，似乎还差两个字。他毫不犹豫地在文末又加上“波比”。

当时，受到这个“波比”的启发，我灵机一动，开始举一反三，想到了各种凑字数的方法，并一一付诸实践。当然了，主要用于应付寒暑假的日记，辛苦写一两个月，老师不过打个钩，批个“阅”字，只看我们是否达到规定行数，并不看具体内容。

日记一：星期天，我去找隔壁的丽娅玩，她在睡午觉，我在她家的窗户外面叫：“丽娅，丽娅，丽娅……”她还是听不见，我就继续叫：“丽娅，丽娅，丽娅……”终于，她醒了，跑出来了，我们开心地玩了一个下午。

日记二：下雨天，我听到屋檐滴雨，滴答滴答，滴答滴答……一直滴答到字数差不多了，我就收笔，说雨整整下了一夜，我听了一夜，失眠了。

日记三：写过生日，我就报菜名，把桌上的菜名统统报一遍，白斩鸡、芋艿鸭、芹菜炒年糕、红烧鲤鱼、炒粉干、炒豆腐干、炒茄子、炒鸡蛋、炒……报完了还嫌不够，就报酒名，写爸爸喝白酒，妈妈喝啤酒，我和哥哥喝蛋丝酒。最后来一句：这个生日我好开心啊。

日记四：除夕之夜，我先报年夜饭的菜名，接着报央视春晚的节目单……就差没学赵丽蓉的“报花名”了。总之，这个除夕之夜是个不眠之夜，全家人都很开心。

……

小人书

有点怀念小人书。

小人书，学名叫作连环画，图文并茂，好看长知识，是我童年的好伙伴。

大街上常见旧书摊，花一两分钱租一本小人书，就能坐到小板凳上看一天。

每到“六一”节，新华书店的小人书会打折促销，我爸会带我去，让我自己挑，作为儿童节的礼物。我攒了满满一抽屉的小人书，踌躇满志要摆个书摊，租给别人看，赚点零花钱。想归想，还是舍不得，怕别人把书弄脏了弄旧了。后来，好多小人书都被我小表弟拿走了，说好会小心爱护，看完就还，结果是刘备借荆州——有借无还，想想就心疼。

上小学后，我发现小人书还有一个妙用。写日记要是没内容了，我就翻开一本小人书，每本小人书都有一页“内容提要”，也就是故事简介，我提笔就写：“今天，我读了一本小人书，书名叫作《×××》，里面的故事好看极了，讲的是……”我把内容提要从头到尾抄一遍。最后，另起一行，写上结束语：读完这本小人书，我又懂得了一个做人的道理。至于什么道理，我可没想过。

运用这个方法，我曾一天之内恶补了11篇暑假日记，抄“内容提要”抄得我手都软了。

抹头油

小时候，菜里缺油水，我一头干枯的头发，像稻草一样，梳头时，动不动就打结，能把梳子的齿给绞断了。三千烦恼丝，剪不断，理还乱。

不仅我的头发是枯草，我妈的头发也是，猜想别家的孩子、别人的妈，头发也油不到哪里去，要不，怎么百货商店的柜头会有头油卖呢。

妈妈常年备着一小瓶头油，用完了，就拿了空瓶子去店里。和打酱油的形式大同小异，不过装头油的瓶子不大，瓶口的眼也很小，避免一次性倒出太多，浪费。新买的头油大概是用针筒打进去的。彼时，和头油一起卖的是雪花膏，用来抹脸，用完拿空盒子去，挑一坨回家。

头油香味浓郁，小心地滴两点到手心，双手合十互搓几下，再抹到头发上，干枯的头发立刻变得光可鉴人，像打了蜡的地板。哪只苍蝇要是不长眼，飞上去，得小心摔劈了叉。

抹头油的人走在路上，香风扑面，容光焕发，让外人看起来，似乎生活条件不错，油水很足的样子。

说到抹头油，还得说吃油条，看起来是风马牛不相及的两件事，却有着紧密的联系。从小，我吃完油条，两手沾了油，二话不说，都直接抹到头发上，既干净了手，那点油也没浪费，直接进化成头油。这是我妈教我的办法，原以为是她的独门绝技，慢慢发现，周围人其实都这样，无论大人小孩，心照不宣。免费的头油，不抹白不抹。一个个吃完油条，头发都亮闪闪的。

不得不说，劳动人民的智慧是无穷的。油条价格便宜，吃完了还有便宜占，难怪那年头，大伙的早点总离不了油条呢。

涨潮不酿酒

小时候，周围不少人家中都会备一口大酒缸，自己酿黄酒，或是日常饮用，或者用作料酒。

记忆中，我们家也酿过几回酒。

酿酒一般选在冬天，夏季虽然也能酿，但听说酿得不好，而且天热喝黄酒会中暑，没人喝，也就没人酿了，烧菜需要料酒就去小卖部买。我爸每回都要翻皇历，选酿酒的日子。我想，这又不是结婚，还要挑黄道吉日？

到了选定的日子，我妈一边烧好开水，放凉，一边蒸好白白的糯米饭，加入红曲米拌匀。我爸洗净酒缸，就把水和糯米饭全倒进缸里。1斤米只加1斤水，酿出的酒才够好，水若加多了，酒味就淡了。

看起来，酿酒的过程很简单，可同样的酿法，酿出的酒却味道不同。有时候，酿出来的酒特别好，红红的，舀出来，酒里还余了几点酒糟，清香扑鼻，味道醇正。有时候，酿不好，就成了醋。酿出好酒的人家，就四处宣扬，还舀出几瓶分送给左邻右舍。

我三舅第一回酿酒，跑来找我爸取经，我爸念完“真经”，特意叮嘱了一句：“涨潮不酿酒。”三舅问为啥，我爸说，是听老一辈人讲的，因此，酿酒要翻皇历。

三舅年纪轻，不信那个邪，没看皇历写的是平潮还是涨潮，就开始酿酒了。结果，睡到半夜，酒缸动静极大，像一大锅开水在沸腾，咕噜作响。三舅便起来查看，屋里已经水漫金山，跟涨潮一样，酒水一波一波地涌上来，他连忙把舅妈喊起来帮忙。

夫妻俩把酒一勺一勺舀出来，折腾了半宿没合眼。

青霉素

我发高烧，正好我爸出差去了，我妈便一人带我去医院看病。

一量体温，40.1℃，要打针。我久病成医，料到医生肯定又开了青霉素，先由护士在我手臂上做皮试，做完皮试，屁股就要挨一针了。谁知这次做完皮试，护士慌了，盯着我的手看了半天，又拉来另一个护士看我的手，左看右看，最后说我青霉素过敏，不能打。

我妈不相信，一个劲儿哀求护士，给我打一针吧，这几年常打，从来都没事，怎么说过敏就过敏了呢。护士不肯，我妈又赌咒说，出了事自己负责。幸好护士坚持原则，没有同意。我记得在电影插片中看过，滥用青霉素很吓人，不小心还会闹出人命，便哭着拉住我妈，说我不打，要死人的。我妈这才罢休，去找医生另开方子。

那之后，每回看病，我都不忘提醒医生，自己对青霉素过敏，医生的方子里也不再出现这几个字。

我妈闷了好久。那时候，青霉素是我们心中的神药，药到病除，而且便宜。

疥疮

有个叫小翠的年轻女人，是我妈的小姐妹。有次来我家做客，待到很晚，一点没有要走的意思，我妈就留她住下。家里地方有限，便让我和她挤一床。

第二天，小翠走了。我手背上冒出一颗小水疱，有点痒，一抓抓破了。很快，身上到处开始冒水疱，从手脚开始，蔓延到全身。城门失火，殃及池鱼。从我开始，我们全家人都开始出水疱，全身痒，严重的地方还流脓。

我爸怀疑是疥疮，到地区医院一查，果然是。我妈一拍脑门，跑去找小翠兴师问罪，责怪她得了疥疮还乱走乱睡。小翠支支吾吾，说其实她也好得差不多了，没想到……

家里搞了大扫除，该洗的洗，该晒的晒。被褥也全拆了，洗干晒干，重新缝好。家里人仰马翻，我妈还落了全家人的埋怨。

得了疥疮的日子，十分煎熬。白天症状略轻，一到夜晚，就加重数倍，彻夜难眠。难以入睡，不抓就痒，抓了更加痒，身上被我抓得血迹斑斑。

医院配的几盒白色药膏，全家一起抹。药效还不错，大人好得快，一两个月就好了，而我则折腾了近半年才算痊愈。

我妈悔不当初，一边给我抹药膏，一边嘀咕自己交友不慎。抹完了又安慰我，疥疮只会得一次，这次好了，以后就不怕别人传染了。这叫因祸得福。

下来就不打你

大院里的水井边，立着一座高高的水塔，是天宁寺一带最高的建筑了。我在很远的地方，对别人介绍我家，就说：“喏，看见那个塔了吗？那儿就是我家。”

水塔是小孩们玩耍的好去处。塔里面有可供徒手攀爬的铁梯，爬到近三层楼高的地方，就有一个小门洞通向塔外，外面有护栏，人爬到这里，就可以俯视只有两层楼的宿舍了。再往上，是一个大水箱，外壁上贴伏着一架铁梯，可以让人爬到水箱顶。因为这架铁梯架在外面，就没多少人敢爬。

有一回，有个大人爬到水箱顶上去清扫水箱，我和另外两个小孩围在底下看，仰得脖子也酸了，心里佩服得不行。

那人清扫完水箱，爬下来拍拍屁股，走了。我们三个小屁孩跃跃欲试。

其实以前我们也爬过塔，不过只限于第一层，胆子最大的，也不过是爬到那个小门洞。

塔内光线较暗，只从二层那个小门洞透进白白的光柱，照亮了半个塔。

一个小孩领先爬，我第二个，我们三人接着串儿，一个接一个，上面的人，脚几乎要踩着我的脑袋。谁知我才爬了没几级，上面的小孩却颤着声音说不爬了，要下来，底下的孩子嚷嚷起来，嚷了半天，上面的孩子还是不肯再爬。无奈，我们只好一步步往下退，退回到原点，好腾出路给那个胆小鬼。

胆小鬼逃回家了，我和另外那个小孩继续爬。

我们手脚并用，真的爬到了小门洞。站在护栏那里，我们兴奋极了，不过在面对水箱外壁的梯子时，我们犹豫了。万一我们手一松，后果不堪设想。

正在这时，底下忽然传来一个声音："下来，你快下来！"

是我妈。

我放眼看去，我妈不知何时来到了井边，仰望着我，眼神中有说不出的焦急。

我心里一慌，怎么被我妈发现了？家里三令五申不许我们爬水塔，告诫我们"危险"，谁料我却阳奉阴违，还被她抓个现行，肯定得被痛打一顿。

"我不下来，下来会被你打的。"

"你下来，下来就不打你。"

"真的？"

"真的！"

我有些心虚，怀疑下去没有好果子吃，可我也不能老待在上面，风呼呼的，我觉得自己快被刮走了，只好硬着头皮一步一步沿原路爬了下去。

我妈明明说下来就不打我，可当我脚一点地，她就冲过来，把我拎到水塔外面，一巴掌一巴掌狂打我的屁股。

她一边打，一边骂："我叫你爬！我叫你爬！"

大人教育小孩不说谎，自己却老是对小孩说谎。我哇地哭了。然后，我发现我妈也哭了，眼泪滑到脸颊上。

我是被打哭的，她大概是被我吓哭的。

家有卫生间

班上新转来一个女生，叫刘红征，成了我的同桌，与我极为要好。我曾应邀去她家吃过午饭。

她们家是运输公司分的房子。在她家吃完饭，我想上趟厕所，便悄悄问她，马桶在哪里。

在我家，床左边放着衣柜，衣柜侧面留出一个角落，马桶就搁在那儿。我做作业的桌子离马桶不过几步之遥，屋里的异味在所难免，有时，马桶还能飘出一股子大蒜味。

我在刘红征家里，凭嗅觉难以判定马桶藏在哪个旮旯，只好开口。

“马桶？没有。”刘红征摇头。

“那你们家用痰盂？”痰盂就痰盂呗，这个，我家里也有一只，作为马桶的替补。若是连痰盂也没，只好去外面公厕解决了，亲自去。

刘红征家里居然连痰盂也没有，但她们家有卫生间。

我顿觉开了眼界。

卫生间不大，只有1平方米左右，中间有个蹲坑，蹲完了，手一拉水箱的绳子，水就冲下来了，一点臭味也留不下。头顶还有一个莲蓬头，可以淋浴。因为卫生间面积小，莲蓬头底正对着那个蹲坑，洗澡时，就在蹲坑上搁一块厚木板，人站在上面洗浴，就不用扎马步了。这应该是最早一代的卫生间吧，我已经羡慕得说不出话来。

我想，刘红征真是命好，做作业不会被尿骚味熏死，还不用去挤公共浴室，也不用大冬天借煤球炉的温度，躲在房间里，接一脸盆水擦洗。

回去后，我对刘家的卫生间念念不忘。

后来，茶厂在别处盖了新的职工楼，听说每套房子都带卫生间。天宁寺的住户个个摩拳擦掌，期待能搬过去。可是最终只有2号楼那些当干部的搬走了，不过，我们得以搬进人家腾空的房子。

2号楼的房子也是两层，属复式结构，楼上楼下合成一套。厨房也是建在屋后，单独一排。搬过去后，面积大了不说，听说其实也是有卫生间的。

我高兴得睡不着觉，我爸拿到钥匙之后，我兴冲冲地跑进去，先找卫生间，找来找去，没找着。倒是发现了一个窄小的楼梯间，有门没有窗，里头光线昏暗，我妈果断地把马桶搁了进去，说："看，咱家的卫生间。"

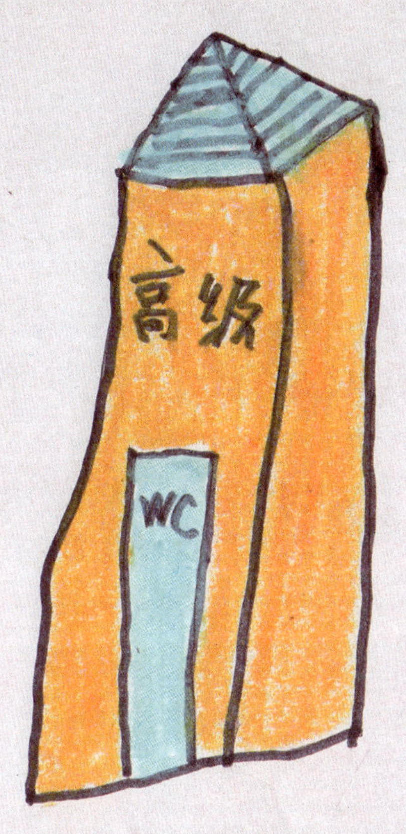
高级
WC

拣茶叶

茶厂的一些职工家属都在厂里做临工，比如我妈和丽娅的妈妈。她俩平时在拣茶车间上班，窨花车间需要缝麻袋时，也会喊她俩一声。

拣茶叶的女工，系着围裙，戴着袖套。理论上还要戴帽子，不过平时戴的人不多，等检查时才齐刷刷戴全了。车间很宽敞，两边是整排的窗户，里面放满了黑色木漆的工作台。一眼望去，几百个女工，黑压压的一片。三个女人一台戏，这么多的女人坐在一起，跟进了飞机场没什么区别。

拣茶叶，拣的其实是茶叶梗，四个人一张工作台，每人占据一个角，各个角上都放着一只茶叶箱，上面搁着一只竹匾。同一张台子的人，合力去领一箱待拣的茶叶，倾倒在台子中间，四个人一把一把的，往自己这边扒拉，看到有梗就拣出来。拣干净的茶叶，用手推到竹匾里，一只匾装满了就另换一只。拣出来的梗就顺手扔在围裙上，码到脚底下的另一只竹匾里。

一张工作台的几个人，一边拣茶叶一边闲聊，从七大姑侃到八大姨，嘴上唾沫横飞，难免有些会沾到茶叶上，手上动作却很麻利，暗中较着劲儿。茶叶的等级不同，拣的要求也不一样，有些好拣，有些难拣，给她们的价格也不同。像我妈这样经验丰富的斗士，碰到价格高的，不一会儿四个人就把台上小山似的茶叶一把一把抢进了自己的竹匾，手上还带了假动作，象征性地拣几根茶梗。等台中间的茶叶抢完了，再回过头来倒在台子上，自己返工。也有的台子，新手怕吃亏，就提议各人先用竹匾平分了，再慢慢拣。等遇上梗子多、价格又不高的茶叶，几个人就慢悠悠地拖着磨洋工，时间到了，胡乱拣几下，搬上去验收。

负责验收和过磅的几个妇女是正式工。验收就是用手翻，看见被翻到未拣尽的茶梗，女工心里就忐忑。翻了几遍，嫌你茶梗多的，就叫你搬回去返工。一些老油条的女工，要她返工的，就搬回去，面上拣掉几根，放半天又去重验。运气好的，就验过了；运气不好的，还得返工。

每回到车间找我妈时，我妈都会叫我坐在她的位置上，替她拣一会儿，她好趁机上厕所，或者去验茶叶。其实我不来，她也可以做这些事情，只不过有个人接替，她心里会舒坦些，觉得能少浪费一点时间，不亏。但我拣的茶叶很干净，几乎不留一根茶梗，我妈又觉得亏了，说这样一天下来也拣不了多少。

我妈上厕所回来是洗手的，但她说，也有些人大小便都不洗手，觉得浪费时间，就算擤鼻涕，也就是把手在围裙上擦两下，就在茶叶堆里争分夺秒了。

有一年放暑假，我和两个女同学一起勤工俭学，在拣茶车间做了一个月的童工。我们像大人一样，上班抢茶叶，下班抢饭盒，去厕所还抢坑位，走路也连跑带跳的，终于赚到了人生的第一桶金。

忘了总共多少薪水，只记得有整也有零，我妈让我自己存着，我数来数去就那么几张，终于体会到大人的辛苦，主动把钱充了公，给家里买啤酒了。当然，自己也没少喝。

我选我

小学一、二年级，班干部是由班主任指定的，到了三年级，同学间熟悉了，改由大家自选。我们的选举，先由每个同学推荐候选人，再让大家在候选人中进行投票，实行差额选举。

在选班干部之前，学过一篇课文，标题是《我选我》，曾经令我心潮澎湃。那篇课文讲的是一个小学生在选班干部时，勇敢地站起来说："我选我！"最后，这个小学生还真的如愿以偿地当上了班长。

受了这样的鼓舞，推荐候选人时，我几次想站起来对着老师和全班同学高喊一声"我选我"，相信也能够一呼百应。毕竟，我的成绩摆在那儿呢，一直数一数二的，有时冯侃侃第一，有时是我第一，反正从没落到第三名。

可是，我的手心几乎捏出汗来，仍然没有勇气举手，只是一味地纠结。酝酿了半天，正当我鼓足勇气准备"我选我"时，却被一个同学捷足先登，站起来大声说："我选我！虽然我的成绩不是很好，但是我愿意为人民服务……"和课文中的情节几乎一模一样，老师赞许地点点头，同学们鼓起掌来。

我的心一下子沉到谷底。失去了先机，就不能步人后尘了，如果此时再举手说“我选我”，就变成东施效颦，贻笑大方了。

正当我脑中凌乱时，老同桌翁红嫣忽然举手，站起来说要选我，理由是我学习成绩好，有目共睹。老师点点头，在黑板上记下了我的名字。虽然我听到自己被推荐时心脏都快蹦出来了，恨不得冲过去拉住翁红嫣亲一口，但脸上还是保持着平静，显示着我无欲则刚的境界。看来，那时的我，骨子里已透出“闷骚”二字。

结果，我光荣中选——得票不是最高，也不是最低——被班主任老师定为副学习委员，冯侃侃是正的。我每天替老师收集作业本，分发试卷。后来，冯侃侃成了副班长，我又升级，成了学习委员。

谁动了我的银圆

家里老人传下来几块银圆，有“袁大头”“孙中山”“宣统”等，藏在一个小布包里，压在箱底。

有时，在整理箱子时，我们就把那包银圆掏出来玩，学大人的模样，手里拿一块银圆，放在嘴边一吹，再放在耳边听“嗞”的声响。

有一回，似乎是兄妹俩为了争抢什么东西，又闹开了，结果当然是我被我哥揍了。我爸为了安抚我，说那包银圆全部传给我，没我哥的份儿。

我破涕为笑，因为听说银圆很值钱，而且越放越值钱。第二天，为了显示自己的主权，我偷偷把银圆从布包里倒出来，塞进书包，背着去上学了。

那天的书包感觉沉甸甸的，很有分量。好不容易下课铃响了，我迫不及待地把银圆拿出来，对同桌显摆。有不少同学围过来，有好奇的，学我的样子吹气，听声音；也有的不以为然，说他家里也有，比我的多，但也忍不住问我要去，翻来覆去地看。

我的虚荣心得到了极大的满足。

等到放学回家，我爸问我银圆呢，是不是被我拿走了。我翻了半天书包，傻眼了，几块银圆全不翼而飞。

翌日清晨，我爸跟着我到教室，在我桌板底下细细搜了一遍，又在整个教室里找，连垃圾篓也没放过，还是不见踪影。

我爸不甘心，又找到我的班主任，老师不敢怠慢，在班上讲了这个事，小时偷针，长大偷金，希望有动过银圆的同学主动放回去，就不追究了。最后，又将我批了几句，希望大家引以为戒，今后不要把贵重物品带到学校来。

我心里别提有多郁闷了。

没想到，第二天，等我来上学时，丢失的银圆已经跑了回来，安静地躺在我的桌板下，一块不少。

我至今也不清楚是谁动了我的银圆，又完璧归赵的。但愿那个同学自己也不记得了。

误诊

学校组织的体检是在校园内完成的，各个项目安排在一些空置的屋子里，分门别类，井然有序。

体检完后，我和同学们陆续回到教室，将体检单子交给班主任。

上课了，我正在做眼保健操，一名老师走过来把体检单子还给我，说我还漏了一项没检，是量血压，叫我赶紧过去补检，动作快一点，不然医生要走了。

我听了心里一慌，三步并作两步跑下楼梯，向操场对面奔跑过去，跑得我上气不接下气，终于在一间屋里找着了医生。

医生给我量完血压，人却慌了，上下盯着我瞧，问我是不是跑过来的，我说是啊。他又问有没有哪里不舒服，我说没有。医生不放心，叫住一旁的体育老师，体育老师面色凝重地去找我的班主任。

放学时，我爸来接我，班主任叫住我爸爸，告诉他，怀疑我有先天性心脏病，导致血压……

我爸的脸唰地白了。

旁边有个调皮的男生听见了，冲着我就叫“心脏病”“心脏病”。

第二天，我爸带我去了地区医院，在儿科开出单子，去做心脏B超。

在B超室外排队时，我倒没什么，无知者无畏，不懂“先天性心脏病”是个什么概念，我爸却承受不了，握紧拳头，紧张得几乎突发心脏病。

进去躺到床上，医生在我心脏周围涂了黏糊糊的显影剂，然后拿个手柄移来挪去，查了好久，最后塞给我一张草纸，叫我擦干净。诊断结果，心脏完全没问题，一场虚惊。至于体检误诊，医生估计是由于我之前做过剧烈运动。可不是吗，我是百米冲刺跑过去补检的。

这次做B超的最终结果，恰好有点小咳，医生给我开了瓶儿童止咳糖浆。

吃一堑，长一智。自此，我养成了一个好习惯，每逢体检，要测心电图、量血压之类，我都学蜗牛爬，要不就先在走廊静坐几分钟，仿佛老僧入定。

不怕心脏有病，就怕心脏被吓出病。

发育

暑假，我妈带我到腊口二姨家小住。

有一天起来，我觉得右边胸口有点痒，抓了几下，发现肿起个大包。告诉我妈，我妈说，肯定是被蚊子咬了，去问二姨要了瓶风油精，替我抹了。我撩着衣服，靠在躺椅上，像英雄一般，逢人过来，就说被蚊子咬了，咬得可狠了，肿了这么大一块，大半天了，还没消。我妈也说，小镇上的蚊子就是毒。二姨过意不去，晚上在房里多点了一盘蚊香。

过了两天，右边肿块还没消，左边胸口也开始痒了，也肿起一个大包，后知后觉的我妈盯着两个肿块瞧了半天，恍然大悟。

原来，我是开始发育了。

错过的兴趣班

四年级暑假，学校安排了兴趣班，一是写作，二是珠算。人人都认为我会参加写作班，没想到，我却报了珠算。

我的作文一向不错，常被老师当成范文，在班里宣读，有时通篇都被画了波浪线——那是老师认可的锦句。可是那时我对会计有一种疯狂的崇拜。老师在教珠算时，还问过我们，谁家里有人做会计。有同学举手说，他姑妈是做会计的。老师赞不绝口，说会计打算盘很快的。听了老师的话，我如醍醐灌顶，心想，做会计真了不起，我长大了也要做会计。因此，有珠算兴趣班，我自然不肯错过。

我爸对我的想法投赞成票。因他有记账的习惯，家里的每一笔开支都要记下来，用算盘过一遍，苦于打得不快，觉得家里要真能出个会计，也不错。阴差阳错的是，小时候算盘打得飞快的我，长大没能做成会计，而我哥当年算盘打得烂，长大却成了正宗的会计，如今在温州某企业任财务总监。这是后话。

兴趣班的开课时间安排在8月初。7月，我在家疯玩了一个月，8月份正好收收心。一大早，我捏着家里给的20元报名费兴冲冲地去了学校。

到了学校，一问，珠算兴趣班被取消了，只剩下写作班可以报名。我不知哪根筋搭错了，觉得做人应该从一而终，老师建议我改报写作班，我摇头，收起钱就回家去了。

路上，经过城西菜场，有个卖菜的小贩冲我吆喝，我下意识地问："青菜多少钱1斤？"小贩说："1角7分。"我像个大人一样，摸出1张"大团结"（10元），说："称1斤，余钱找给我。"小贩抓了一把，秤头翘得老高，说："差一点就2斤了，小妹妹，凑够2斤吧。"

于是，我拎着2斤青菜晃晃悠悠地把家回。

我把余钱交给老妈，向她献宝邀功，我会买菜了，还给家里省了报名费。

我妈一看那些青菜，叶子上全是虫眼，眼一翻，这样的菜也要1角7分？撑死了也就1角4分啊。

我喃喃地说："有虫眼证明没有农药，爸爸说的。"

我妈冷笑一声，拿自家的秤一称，2斤菜只有1斤1两。

我有些羞愧。

等到开学，我才发现，但凡报了写作兴趣班的同学，每人都领到了精美的课程表，作文还参加了什么全国大赛，叫人眼红。班里的陈菲吉星高照，居然在那次比赛中大显神威，获得了三等奖，名字、地址登在报纸上，一下子成了我们学校的红人。

有外地女生慕名来信，信上称他为姐姐，有的还把照片寄来，想和他做笔友。陈菲倒也诚实，回信先纠正自己是男生，此举弄丢了一半的粉丝。当时，男女通信还是比较拘谨的，尽管都是小学生。那段时间，陈菲走路昂首挺胸，头发光可鉴人，疑似偷抹了他妈的头发油，身边还有了小跟班。

我的肠子都悔青了。

张浩的眼泪

老师布置了命题作文，让写各自的父母，上课时，抽几个同学当堂朗读。当抽到张浩时，我们震惊了。

那天，他的题目是《我的妈妈》，说他妈妈下班之后，又要辅导他功课，又要去食堂给他打饭，念到“给他打饭”时，他居然抽泣起来，接下来，声音几度哽咽。全班同学都肃然动容，觉得他写得太感人了，简直是惊天地，泣鬼神。我被他的情绪感染，红了眼眶，几乎也要落下泪来。

下课后，同桌的我热心建议他去参加比赛，说不定也能在全国得个好名次，盖过陈菲的那个三等奖。张浩听了有些沾沾自喜，说：“还是等老师推荐吧。”

谁知，作文交上去之后，张浩这篇作文的得分却不高，甚至还不如我写的。当时，作为学习委员兼语文课代表的我很替他惋惜，觉得老师是否弄错了，在去老师办公室送交作业时，忍不住道出了心中的疑惑。

老师笑笑，说那篇“一般”。

很久以后，我才恍然大悟，那天，让我们感动的并非文字，而是张浩的眼泪罢了。呸，这小子也太矫情了，不就是他妈替他打个饭吗，至于哭成这样？

喝“碗花”

我爸嗜酒，我从小跟着喝“碗花”，就是他每回喝酒，会给我倒一点。我家有个规矩，酒给小孩喝，只倒到碗花那儿。每只碗里都有一圈花纹，这圈花纹所处的位置不尽相同，这就是“碗花”。家里有一只碗的碗花特别高，用那只碗就能喝到更多酒。于是，那只碗就成了我和我哥的宝贝碗。

可惜，我念初中的时候，宝贝碗夭折了。我爸那时被外派到福建，我妈在家中，偶尔开一瓶啤酒，仍然沿用喝“碗花”的规矩，大家分着喝。我和已是高中生的哥哥吃饭时为抢那只宝贝碗，见招拆招，用出了“左右手互搏”的功夫，结果不慎失手，宝贝碗坠落到地上，摔碎了。

我妈怒发冲冠，让兄妹两个写下检讨，等我爸回来验收。

于是，我在检讨中表示了深深的悔意，无论如何，不该牺牲那只碗，因为没有哪只碗的“碗花”高过它，今后，我们能喝到的酒就少了。

兄妹俩自食其果。

黑白和彩色

茶厂办公楼顶层有一间活动室，里面有一张乒乓球台子，还有一台17寸的黑白电视机。电视机是装在木头柜子里的，柜子平时上锁，偶尔我们跟着大人可以进去过把电视瘾。

这是公家的电视机，已经足以让我们仰视，而私人家里有的，更让我们膜拜。

膜拜是其一，其二是去蹭电视看。

有电视机的人家，并不介意别人去蹭电视，反而十分欢迎。有时会把电视机搬到门口，搁在方凳上，拉了电线，备几张小板凳，仿佛搞出一个家庭电影院，看的人越多，场面越热闹，觉得越有面子。主人会一直让我们看到“再见”。

不单是小孩，大人也会去蹭电视。那时候，大家的娱乐，最高档的莫过于看电视了。

那时的频道比较单一，总共3个，一个中央台，一个省台，一个地方台。我最喜欢看的就是地方台，每天晚上，会有各种企业出来特约点播，点播的都是好看的连续剧。以港台片居多，比如《霍元甲》《陈真》，日本片也不少，比如山口百惠主演的《血疑》，还有《排球女将》。

有一回，我晚上看着看着，不知怎么就睡着了，我爸抱我回家，一只手里还拎着我的小凳子。快到家时，不小心把我扔在地上了，小凳子还好好地抓在手里。我在地上翻个身，继续睡。第二天吃早饭时，我爸狂给我夹菜，问我昨天摔疼没有，我还一头雾水。

后来，听说有人买了17寸的大彩电，是天宁寺村里的，那家人靠捡废品，居然成了村里先富起来的人。当时买彩电很不简单，和缝纫机一样，得凭票认购。甚至听说，买1台彩电要搭10台黑白电视机，不知真假。总之，彩电对我们来说，就像天上的星星一样，格外神秘。17寸彩电在那时候的概念里也很庞大，比一般的小黑白电视大到天上去了。

有了彩电的诱惑，我们不惜晚上摸黑走上一段路，也要去蹭彩电看。

彩色电视和黑白的比，果然大不一样，画面逼真，人物鲜艳。当时蹭的是1983版的《射雕英雄传》，梅超风出场时，吓我一跳，她练的九阴白骨爪更是令人毛骨悚然，我想走又不甘心，只好用手捂着眼睛，从手指缝里看。后来，看到小乞丐从船上出来，变成了俏黄蓉，简直惊为天人，痴迷不已。那个小王爷杨康，坏是坏，可是英俊潇洒、玉树临风，真让人喜欢。

买电视机的家庭日渐增多，这一点，从各家屋顶竖起的室外天线就能看出来，瞒也瞒不住。我和我哥没事就指着两幢楼房数天线，然后发现新大陆一般，评价说某某某家居然也有了电视机，真是有钱人！

终于，丽娅家门口也树起了“旗杆”，丽娅没事就把“旗杆”摇来摇去，对我说是调试信号，摇一摇，电视画面就清晰了。我忍无可忍，磨着我爸也买一台。大概我爸早有此念，只是在默默地攒钱。几天后，他果真抱回一台黑白电视机，14寸的，熊猫牌，好像花了400多元，比丽娅家的西湖牌贵50来块钱。这让我得意了好几天。

那是个星期天，我爸把电视机买回来，搁在高低柜上，把室外天线拖到窗外，绑到一根竹竿上，竖起了我们家的“旗杆”。

调好室外天线，又调室内天线，折腾了半天，终于能看电视了。

我爸去厨房忙碌，我两眼直勾勾地盯着电视屏幕，津津有味地看起来。当时，电视里播的是电视大学的什么讲座，画面很枯燥，从头到尾只有一个老头。他讲了什么，我一句没听懂，但我硬是对着画面坐了两个钟头，连吃饭时都端了碗守着，不肯离开。

那台“熊猫”陪伴了我好多年。我妈还买了金丝绒的罩子，给“熊猫”穿上衣服。

有天放学回家，我哥神秘兮兮地告诉我，家里换了台彩电，我又惊又喜，跑去一看，还是那台“熊猫”啊，可是看起来仿佛又有点不同。仔细一瞧，原来电视屏幕上蒙了一层塑料硬纸，硬纸半透明，7种颜色的横条拼接在一起。

打开电视一看，果然，里面的人物都有了颜色，只不过头发是绿的，脸蛋是红的，衣服是蓝的，裤子是紫的……

特约点播

“特约点播”曾是我最喜闻乐见的字眼。

电视能看的频道太少，电视台很体贴观众，拉了本地的各个企业，频繁播出各种电视剧，美其名曰：特约点播。

寒暑假是“特约点播”的高峰期，不单晚上播，白天也播。比如大年初一到初五，从早到晚，同时播出6部电视剧，每部剧播4集，20集的5天刚好播完。绝大部分都是港台武侠片，这也是我们的最爱。大人小孩，吃饭时间凑在一起，聊得最多的就是点播剧，评论今天的戏码好不好看，谁受伤会不会死，谁和谁最后能不能成为一对。

每集电视剧开始之前，都有企业法人代表出来，端坐在镜头前，打着发蜡和领带，人模人样的，说上一大段话，介绍自己的企业，什么税利大户、年产值多少，最后会说：值此新春佳节来临之际，我谨代表我公司×名员工，特约点播香港×集电视连续剧《×××××》，祝大家新年快乐、万事如意。

有些重量级的电视剧，会由好几家企业联袂点播，会出来好几个法人代表轮番吆喝。

茶厂也在这种潮流之下特约点播过两个剧，厂里告示栏还贴出了通知，提醒职工注意收看。可惜都不是我的菜，有个是什么《台湾黑猫旅社》，还有个国外的什么敢死队，连剧名也没记住。不过，头回听厂长说他“谨代表茶厂全体职工”时，我也和爸妈一样，心潮澎湃，心生自豪。厂长本人，我见过不止一次，但在电视机里见，还是大姑娘上轿，头一回，觉得和平时见到的真人有点不太一样，气场上明显强了很多。我心想，电视真是个好东西。

反正，我特别感谢那些法人代表，不但让人大饱眼福，收看到各种精彩的电视剧，还能让人在每集播完时，有时间从容地上厕所。

"鸡鸡复鸡鸡"

初一开始学英语了。早自修要班长上去领读。

刚进初中，谁也不认识谁，班干部是由班主任指定的，我被指定为第四大组的组长，大概是看我有做学习委员的经验。不过几个学校的人凑到一块，一个班就有好几个做过班长、副班长的，没法搞世袭，只能有上有下，论资排辈，赏了我一个组长的小官。

英语是从ABC开始学的，班长是个女生，上去领读字母，可能声音太轻，教语文的班主任沈老师听了，皱皱眉头说："你下去，请第四大组的组长上来领读吧。"

我有点受宠若惊。

放着这么多大大小小的官儿，唯独指定我上去，老师这是慧眼识英雄啊，我在心里泪流满面。

我精神抖擞地走上讲台，摊开书，开始领读。

AA、BB……GG……

每个字母念两遍，前一个读升调，后一个读降调。

天生大嗓门，声音中气十足，我的领读效果，沈老师很满意，点点头走了。

我暗暗得意。

早读完，班长跑过来，轻轻对我说："那个G，不读'鸡'的，你念错了。"我嘴巴不肯承认，回家听磁带，果然念错了。

汗如雨下，我居然领着全班同学，读了一早上的鸡鸡……"鸡鸡复鸡鸡"啊。

《我的路》

沈老师叫我们到文具店买0号白纸，对折再对折，裁成杂志大小，装订成册，自己做封面，创作《我的路》，从出生开始，记录自己的人生历程，每周一篇。

白纸买来后，是我爸帮我裁的，再拿缝棉被的长针穿了棉线，装订成册。回想起来，当年大概没有A4纸可买，不然为何叫我们裁大纸呢。

我的封面是自己设计的。当时费尽心思，剪烂了一本小学美术书，封面正中贴上硕大的雷锋头像，代表我的志向，上下又配了各种贴图，自以为每张贴图都极具象征意义，具体是什么已记不太清，貌似还有大朵的向日葵，象征我一心向着红太阳，诸如此类。在贴图贴不满的地方，又画蛇添足，补上各种小花。为了说明“我的历程”，还画了一条蜿蜒的小路，上面是密密麻麻的小脚印。唯一留下的空地儿描了“我的路”三个大字，当然，底下没忘写姓名。虽然学雷锋，但无名英雄我是不屑干的。

似乎每个同学都很用心。上课时，沈老师一本一本拿在手上，夸奖封面设计。

拿到我这本时，沈老师习惯性地说：“看，这本也不错……”然后瞪大了眼看我的封面——现在回想起来，我那张封面，活脱脱是一位浓妆艳抹的村姑，往脸上抹了一斤面粉去相亲——沈老师扯了扯嘴角，怎么也夸不出下一句，只好去拿下一本。

好在开始写作，我的功底就显露出来了，多少弥补了封面受损的形象。

《我的路》一写就写了三年。一本写满了，再换一本。呱呱坠地、牙牙学语……临近初中毕业时，有的同学过早啃完了历史，写到了今天，每周一篇，变成了周记，只好绞尽脑汁想现成的。而我，细水长流，还在幼儿园里玩过家家。

可惜毕业后，《我的路》就此搁浅，慢慢不知扔到哪里去了，我的人生回忆录便无耻地停留在了学龄前。

关于出生的问题

《我的路》上的开篇，和大多数同学一样，我的标题是《呱呱坠地》，写的是关于自己出生的问题。

我出生在江南一个叫东岸的自然村。那时，我妈虚龄22岁，我哥已经2岁。一家人都住在祖屋里。几家人住在一个屋檐下，共用一个堂屋。房屋是木质结构，历经风雨，早已是黑漆漆的。

楼下有个房间，带一个厨房，老式的灶头，灶头后面四四方方，堆着柴草，多数是晒干的狼衣，引火方便。水缸的旁边，是隔壁人家的灶头，两家人锅里烧的都看得见。就连屋后面的猪圈也连在一起，人吃什么，猪吃什么，都看得清清楚楚，没什么隐私。

二楼也有一个房间，余下的便是仓库，放着巨大的箱子。地上堆着大捆的狼衣，要用时，就从楼上那个空洞投下去，正好扔在灶头后面。听说有一回，我爸在投狼衣时，一脚踩空，就从那个空洞掉了下去，幸好底下还堆着软乎乎的柴草，一骨碌爬起来，没什么事。

我在作文里写，我妈生我时，是在底楼房间，地上铺一层稻草，隔壁的阿婆来接生，替我剪的脐带。这些细节，是问过我妈的。我还记得，幼时在奶奶家小住，我还从床褥下面抽出过整捆的稻草，扔得满地都是。

《呱呱坠地》交上去之后，沈老师给的评语是：为你艰苦的童年，掬一把同情泪。我不禁顾影自怜起来。

忽然想到，凭什么我是生在稻草堆里的，而我哥却生在医院里；他有精确的出生时间，而我落地的时间却是“鸡叫三遍”？按理，我哥长我两岁，生活条件应该更艰难才对，怎么反而比我优越呢？

回家以后，我对我妈刨根问底，起先她不搭理我，后来终于忍不住，愤愤地说：“生你哥，那是头胎，生几天生不下来，只好去医院。生你时是二胎，太利索了，来不及去医院，你就掉稻草堆里了！”

三四个小时

沈老师说，明天有公开课，同学们回去好好预习。

那天作业少，我早早做完，就开始预习课文了。沈老师是地区级优秀教师，常有公开课，这里那里的人都来听课。作为他的得意门生，我在这样的场合表现得非常配合。若是听课时，沈老师提问，却没人举手，或者抽个人站起来，一问摇头三不知，都是件丢人的事儿。

预习的篇目，我记得是鲁迅先生的一篇作品。阅读、分段、理解，语文本来就是我喜欢的科目，而鲁迅的文章越读越喜欢，有点爱不释手。我忘了预习的本意，等老妈来催我睡觉，我还觉得意犹未尽。

第二天上课，是在大的阶梯教室，前面坐着学生，后面几排密密麻麻坐着听课的人。我们坐在前排，有一种被围观的感觉。

沈老师提问时，我的手一直是高举着的。一般老师上公开课时，提前会给我们透些底，让我们有的放矢，可沈老师这人不太按常理出牌，从不给提示，还冷不丁抛出考验IQ的深度理解题，当众发难。这回也不例外，突如其来的一个分析问题，像雪球一样砸了过来，一时间，“千山鸟飞绝，万径人踪灭”，同学们齐刷刷把头低下了，低得不能再低，恨不得塞到桌子底下，生怕老师抽到自己。

沈老师的眼里划过一丝失望，环顾左右，把问题重复了一遍。

眼前急需救火，我不做消防员，谁做？努力思索片刻，我一咬牙，慢慢举起了手。

沈老师的眼睛豁然亮了。

我站起来，鼓起勇气，开口谈自己的观点和想法，开头两句有些迟疑，但看到沈老师鼓励的眼神后，我放松下来，侃侃而谈，我说阅读时，要透过文字看到作者的潜台词……沈老师的眼睛更亮了。事隔多年以后，有一次去探望沈老师，他还提起了我说的“潜台词”。

我坐下以后，后排听课的老师居然鼓起了掌。

下课时，有一位年轻的女老师过来拍拍我，问：“同学，可以问你一个问题吗？”

“嗯。”我装作若无其事地点点头，肚子里却翻江倒海，感叹自己真是优秀，连听课老师也看出了我的与众不同，过来采访我。

“你们预习课文，一般花多少时间？”

“哦，”我回想了一下，昨天晚上，我从六七点钟开始看书，直到被我妈拽上床，“怎么也得……三四个小时吧。”

那老师闻言，错愕了半晌，状似怜悯地看了我一眼，走了。

我猜到了开头，却没能估到结局，有些莫名其妙，好不容易回过神来，恍然大悟。不过是语文一科的小预习，就得花上三四个小时，这要么是我的智商有问题，要么是我们这些学生负担太重，都在油锅里熬着呢。

作文式检讨书

这世上，没写过检讨书的孩子，还有吗？

大言不惭地说，就算像我这样，从小学起就当班干部的好孩子，也没逃脱写检讨书的厄运。

初一那年夏天，我爸出差回来，送我一条漂亮的连衣裙，我开心极了，急忙穿到学校去显摆。正当自我感觉良好时，忽然发现，那天有体育课。

体育老师是个不苟言笑的黑小伙，给我们做过规定，体育课不许穿裙子，不许穿凉鞋。

上堂课刚宣布的纪律，我这堂课就撞枪口上了。

那天，我不是一个人……还有两个穿凉鞋的也被抓了个现行。

体育老师说："你，你，还有你，写份检讨明天交给我。"

我一颗没来得及显摆的心，一下受了潮。

检讨是要写的，可惜我当时会写散文，会写议论文，会写打油诗，就是不会写检讨。回到家里，我按平时写作文的习惯，先打草稿，然后认认真真地誊到400格一页的稿纸上，一写就写了四页半稿纸，将近2000字，从描写到叙述，再到抒情，然后深刻忏悔，请求原谅……

等我去交检讨时，不小心看见另外两人的检讨书貌似只有两句话，写的都是：老师，体育课我不该穿凉鞋，对不起，下次不敢了。

难怪，收到我厚厚的检讨书时，老师看我的眼神有点古怪。

有生以来，一共写过两次检讨，一次因为误穿裙子；另一次就是和我哥抢酒喝打碎了碗，被老妈勒令检讨，也写了好几页纸头。

究竟该夸我认错态度好，还是夸我有当作家的潜质呢？

100元借读费

进初中时，学校开始收取借读费，对象是临时户口和自理户口的学生。

自理户口算是居住在城里的半居民，户口已经入城，没了田地，也不发粮票。在我家，只有我爸是居民户口，我们兄妹随我妈，都是自理户口。

新学期开始，我去学校交学费，普通学生交的是60元，我要比别人多交100元借读费。这笔钱就当时而言，为数不少，交得家里很心疼。我哥的学校也得交，这无疑是雪上加霜，我爸偷偷跑去向家境好的同事借钱。

一名上了年纪的老师坐在走廊上收钱、开发票。周围挤满了要交费的学生。我也挤进人堆，好半天才挤出来，手里捏着学费和借读费的两张发票。

等回到教室，我才发现一个问题：发票里还夹着一张百元大钞！肯定是因为刚才人挤，老师也忙得晕头转向，只收走了我的学费，却忘了收走借读费。

手心里捏出一把汗来，我感觉自己像做了回小偷。我忙跑回交费的地方，气喘吁吁，跟老师解释清楚，把100元补交了。那老师有些激动，连声夸我。

我放下心里的大石头，回到教室，和同学说起这事，同学笑话我："你真傻，100块钱呢！神不知鬼不觉的，干吗送回去！"被人这么一说，我也有点后悔，这100元本就是比别人多交的"冤枉钱"。再想一想，当时我一个月零花钱才3元，100元钱已是好大一笔。而当时的情形，那100元钱我不送回去，其实也没人知道。

回到家，我把这事告诉我爸，问他的看法。他老人家说："你不送回去，那老师就要垫100块钱了，这种亏心的事，不能做啊！"

我听完这话，豁然开朗。其实，若昧下那100元，我发不了财不说，恐怕以后做人都不能坦然了。

三七增肥记

我和我哥从小都是带鱼的身材，面黄肌瘦，怎么吃也不胖，吃什么也不肥。为了让我们两兄妹长肉，我爸算是用心良苦，寻找各种偏方秘方。

茶厂有个姓钟的人，身高1.8米，体重180斤，体格健壮，力大如牛，外号就叫“大水牛”。他对我爸说，三七粉“有伤吃伤，没伤吃胖”，他小时候就是吃了三七粉，所以长成了这块头。

我爸便到药店里买了野三七，磨成粉，一份份用纸包裹好，每天早晚给我们两兄妹服用。

服用的方法很讲究，先温一壶黄酒，黄酒里面加些红糖，再把一份三七粉倒在小酒杯里，冲上温好的黄酒，让我俩趁热一饮而尽。但是这不比平时饮酒，那三七粉喝到嘴里全是药渣，气味又冲，难以下咽，几次三番吃得我恶心干呕，眼泪也逼了出来。

吃了三七粉以后，我去茶厂食堂的磅秤上称，一个星期居然重了3斤，欣喜若狂，觉得受这些苦都是值得的。但是时间一久，体重起起伏伏，似乎没什么变化。

这时，两人的身高却有了明显的变化。一个学期，我长高了8厘米。而我哥，原来在班上坐第一排，一个学期过去，直接被调到最后一排，看不清楚黑板，只好去配了眼镜，开始了他的“四眼”生活。

眼看着要被误会成高年级学生，那三七粉，我俩死活都不肯再吃。

但我们两个还是瘦，只不过原来被叫作“带鱼”，现在变成两根“竹竿”，都成了各自班里的“高人”。后来，我长到了166厘米，我哥长到179厘米。我父母的身高分别只有168厘米和164厘米。想来，除去遗传因素外，三七粉确实发挥了一些功效。

应验了那句“有心栽花花不开，无意插柳柳成荫”。

念念不忘

班里有个男生与我同姓，名字的读音也与我极为相似，不注意分辨，容易搞混。

印象中，初中三年，我与他交集不多。但毕业多年以后，要搞同学会时，组织的人神秘兮兮地提到他，说：“还记得×××吗，他可是对你念念不忘呢……”

面上不动声色，我心窃喜之。回想当年，除了读书还有两把刷子外，我的个人形象让人不敢恭维，不修边幅，常穿着我哥的旧外套和蓝色运动服上学，一张脸常年菜色，连老师都关切地问过我，是否营养不良。没想到，魅力来了挡也挡不住……

到了同学会那天，这男生果然拉住了我，喝酒时，非挨着我坐，似有一肚子的话不吐不快。

果然，他说：“你当年学习好，上课老是举手。你不晓得，老师一点你名字，我就紧张，害怕是抽我答题，脑袋恨不得钻到桌板底下。”

他猛灌一口闷酒，仰望天花板，长叹一声：“初中三年，因为有你，我度日如年，生不如死啊。”

临时抱佛脚

进初中后，一度偏科严重，比如物理，就是我“勿理”的科目，平时成绩勉强混在中游。但期中考试要排名次，老师说了，作为班干部，成绩要在同学中作表率。我不幸已被选为卫生委员，不敢给胳膊上的“二道杠”抹黑。于是，我临时抱佛脚，只能硬着头皮复习。

我哥高我两年级，和我不同校。我翻找他以前用过的复习教材，发现里面有自测题，就挑了一份，从头到尾做了一遍，不会的，就看着答案做。一遍做下来，祈祷考试时能蒙到几题。

当卷子发下来时，我的眼睛一扫，心跳骤然加速，没想到考试撞大运，物理卷子和我做过的自测题一模一样。我按捺住狂喜的心情，唰唰地做起来，凭着头天晚上的记忆，做得毫无难度。等考卷批出来，我考了99.5分，只扣了0.5分，分数高居全班榜首，物理老师大跌眼镜。

对于这个结果，我不敢在班里声张，只好自己没事偷着乐。临近期末考试时，故技重施，又捧出我哥的自测题抱佛脚，将期末模拟题做了一遍。可惜，这次连一题都没蒙到，大概是物理老师意识到什么，没有再到课外书上拷贝考题。守株待兔这种事，看来极不可靠，碰巧吃到了只兔子就算了，真想回回都吃白食，那只有抱着树桩饿死的份儿了。

好在，不幸中仍有万幸。自从期中考到高分后，身边的同学误以为我是个中翘楚，不时向我请教物理题目，逼得我只好暗地里用功，把题目全弄懂了，以备不时之需。结果，期末虽然没蒙到题，成绩依然名列前茅。

美丽的茉莉花

茶厂出的茶叶都是花茶，主要是茉莉花茶，还有一种玉兰花茶，因为花少的缘故，制得比较少。

附近几个村子都有花农，栽了不少茉莉花。是茶厂发的花苗，让附近的农民来认领，教他们培育，再回收茉莉花。

夏日的傍晚，就有很多花农带着一篓篓的花，送到窨花车间。车间有专人过磅收购。收的都是茉莉的花骨朵，待到夜里，和茶叶混合在一起时，恰好慢慢绽放，散发出浓郁的花香。

我读初中时，我妈成了厂里的后勤，负责办公楼的卫生，也负责打理绿化。厂区的鲜花被她打理得越来越好，后来有500盆没领完的茉莉花苗就全交给了她，养在篮球场附近的空地上，自给自足。

那些茉莉花成了我家的一项外快。当时我爸的月工资大概40元。我妈种茉莉花，一个夏天能赚200元。但是种花很辛苦，一年四季，浇水施肥捉虫，春秋冬只有忙碌，没有任何收成。

我妈做了三年花农，我们全家人也都成了花农。

我和我哥帮忙去抬粪桶，给一盆盆花施肥，不小心能溅一身。不能忍受的是，我哥常挥舞着粪勺当武器，敌人自然只有我一个。

等茉莉结了花苞，我们就更忙了。第一年花还不多，到了第二年，500盆花，全家人要摘上好几个小时。

我爸只有午休时间能来帮忙，余下的便靠我们三人。整个暑假，我和我哥都没闲过，每天吃完午饭，就要扑到那一大片花地里。

烈日当头，每人在腰里绑上竹篾花篓，头上戴顶草帽，穿上长袖衣服，胳膊也不敢露出来。大滴的汗水很快就能湿透全身。有一回，正在采花，天上忽然落下一阵冰雹，我们赶紧跑到附近一个仓库门口躲避。空气一阵清凉，可那天的花却遭了殃。

我们要采的是花苞鼓胀、呈乳白色的那种花骨朵，略带青黄、还没鼓胀的花苞，要隔天才能采摘。已经开出的花，是头一天的漏网之鱼，已经没有价值了。但那些花我们也会采下来，用手绢包着，拿回家去，搁在枕头下，徐徐散发芬芳，听说能安神助眠。

初三毕业，回校去拿成绩单。我做梦都想进高中，但由于户口问题，只能报考了中专。那年，如果中专不能录取，总分得降100分，再和人家去挤高中，好在即便减去100分，我的成绩仍能稳进重点高中。内心深处，我是希望自己考不上中专的，那样有就机会读高中，然后考大学，学我喜欢的中文。

老师和家里却一致希望我考中专。考上中专，意味着我马上能转户口，成为“居民”，有了粮票。毕业以后，工作还能包分配。我爸说，进单位以后，可以再去进修大学，单位还能报销学费。如果先读三年高中，再去考大学，未来有很多不确定因素，不如把握眼前。

那天，我从学校拿到了上线的通知书，也拿到了填报志愿表。我来到花地里，看见父母弓着背一朵一朵地采着茉莉花，心里有些酸涩，刹那间想通了现实。读中专，至少我能很快为家里减轻负担。

我成绩超过分数线58分，在全地区被录取的120名考生中，排在第23位。然而，由于填报志愿失误，与考第2名的人发生了冲突，加上家里没能走动任何关系，我最后被第三志愿的学校录取，是本地的工业学校。本来报的是财会专业，但学校苦于机械制造专业乏人问津，就自作主张把一批学生改了专业，我不幸恰是其中之一，这与我的兴趣爱好没有任何关联，导致我一进中专就产生了抵触心理，专业成绩从来没好过。

而小学同学刘红征，中考成绩刚过分数线，她小心谨慎地报了一个冷门专业——机械制造，学校是省工业学校。当她兴致勃勃地来约我同去省城时，意外发现我进的居然是本地的学校，专业也和她不差分毫，不免替我惋惜。

我和我哥，一个考上中专，一个考上大专，都很争气地转了户口。学校的学费很低，每个月还有饭菜票拿，家里负担大大减轻，我妈也就不再种茉莉花了。

时隔不久，让我又爱又恨的粮票终于退出了历史舞台。等我毕业时，工作要自己找了，居民户口也不值钱了，地方撤地设市，城市扩容，要增加大量人口，农民纷纷转成了居民，连我妈也顺利地成了“居民”。

再后来，中专文凭已经不吃香了，我便继续深造，本科读了个经济管理，仍然不是我喜欢的专业。

然而有一件事，让我觉得“塞翁失马，焉知非福”。当年我填的第一志愿是省物资学校，理想是毕业后能进物资局，那是福利好得让人眼红的单位。然而三十年河东，三十年河西，当我中专毕业时，社会物资繁荣，市里的物资局终于关门大吉，听说局里的人都转行去了养猪场。

美的代价

小时候看古装戏，我琢磨出一点，不论是大家闺秀，还是小家碧玉，最重要的头面，不是项链，不是戒指，而是耳环，到哪儿都晃荡着，是古代女子居家旅行的必备首饰。总之，再穷不能穷耳朵。凡是没扎耳洞的，那厮必是男扮女装。

于是乎，我对耳环就有了一种莫名的情愫，开始留心生活中的女子，觉得凡是戴耳环的，整个人都平添了几分姿色。暗地里，我曾把回形针、晾衣夹假想成耳环，夹在耳垂上玩，每次夹得我肉疼。

六七岁时，亲眼看见扎耳洞是怎么一回事。那天，家里来了几个二十出头的姑娘，都是和我妈一起拣茶叶的。大家搬了凳子，在我家门口包馄饨，一边忙，一边叽叽喳喳。有个姑娘说，未来婆婆要给她打整套的金饰，可惜她没耳洞。旁边有个戴耳钉的就说，这个容易，扎一个呗。

她们嘴里说着，还真就在我家动起手来，叫我妈去拿块老姜，再拿根绣花针。

老姜是用来抹耳垂的，据说抹过之后，针扎时就麻麻的，不痛。

被扎的那位姑娘怕感染，把那针放在开水里泡了很久，又放在烧红的煤球炉上烤了烤，这才肯让人动手。

不知那针扎得究竟痛不痛，总归是扎成功了，还出了血。她怕针眼再长回去，又叫我妈赶紧找茶梗。

那时候，不戴耳环又有洞眼的人，怕洞眼里的肉再长回来，总是往耳洞里插茶梗。家里有茶叶的人，都不难找出几根茶梗，简便易行。

有了一个成功的范例，其他几个没扎眼的也鼓起勇气扎了。有的边扎边哇哇乱叫，像杀猪一样，我妈被那叫声惊的，最终没敢让人扎。

而我，仿佛看见一幕人间惨剧，觉得美丽的代价实在可怕，怕她们一时兴起，拉住我也扎一针，连忙跑得远远的。

时间一晃，到了小学毕业的那个夏天，丽娅有天来找我玩，耳朵上居然晃着两个大铁圈。我说你怎么扎耳洞了，不疼吗？丽娅得意地说："我不是拿针扎的，是拿枪打的洞，不疼！"

我心底遥远的那份憧憬，被她一说，又浮出水面，问她在哪里扎的，要多少钱，看我攒下来的零花钱够不够。

丽娅带我来到第二医院后面，七拐八绕找到一个中年妇女。那妇女用水彩笔在我耳垂上做了记号，然后掏出一把枪，对着记号打了两枪，收了我5块钱。整个过程非常短暂，有点小痛，还能忍耐。不像拿针扎，扎了半天，痛得龇牙，还没扎透眼。

我听说，丽娅打耳洞时，"子弹"在耳垂里留了一星期。而那妇女这回却没留，说是经常有人不把"子弹"送回来，害得她都闹弹荒了。于是，我又花了5块钱，戴着妇女另外卖给我的一副耳钉，兴冲冲地回了家。

一整天，两个耳垂都是红肿的，有点发麻。我妈见了倒没觉得不妥，叹息说，奶奶原来有对很沉的金耳环，本来可以传给我，可惜“破四旧”那会儿交上去了，上面给她6角钱，算买的。

我揽镜狂照，觉得那副耳钉有点丑，隔天骑车到自由市场，花2块钱又买了一副，长长地挂下来，晃悠悠的。一直晃到开学，我成了一名初中生。

踏进中学，学校不允许戴首饰，我自觉地摘掉了耳环，起初也学别人的样，用茶梗插耳洞，谁知没几天，两只耳洞都发炎了，还流脓水，我每天忙着涂金霉素眼膏。过了一阵子，炎症消掉了，而我却忽然大彻大悟，觉得学生时代应该心无旁骛地学习，美丽的事，等长大了再说。于是，我没有再插茶叶梗，任由两个耳洞填满肉，堵了回去。

一晃过了三年，我进了中专。学生都住寝室，女生交流最多的就是如何变美，首饰已经不限制了，仿佛迎来了女生的大解放，无论是烫发还是披头散发，素面朝天还是浓妆艳抹，都是我们的自由。在这样的潮流中，耳环很快被提上了议事日程。同寝室的旭青给自己配了不少耳环，由于没耳洞，都是用来夹的，夹得肉疼不说，花样毕竟少了许多，终于有一天，她克服了恐惧，约了另一个女生去打耳洞。

触景生情，我对自己曾经昙花一现的两个耳洞开始惋惜起来。

一个百无聊赖的周末，我找出一根茶梗，抱着侥幸心理，对着堵掉的耳洞慢慢捻，忍着痛，捻了几分钟，居然穿透过去了，我几乎热泪盈眶。三年真是弹指一挥间，连耳洞也没来得及堵死，给了我一个反悔的机会。要是人生一步步走来，不开心了，也有这样的反悔机会，该有多好。

不过那以后，耳环我想戴就戴，不想戴就摘了，不需借助茶梗，耳洞再也没堵上。

丝谣文学社

工业学校，专业学习枯燥乏味，各种协会社团却很热闹，有摄影协会、影评协会，还有诗社。于是，我想在班里弄个文学社。

说干就干，我很快把想法付诸行动，班里喜欢写日记的、写诗的、写情书的，都被我拉进了文学社，一共有十来名同学。

有了文学社，得先起个名字，经过广泛征名，芳宇取的“丝瑶”最合我心，寓意我们要传播“一点点琼瑶”，很有文艺范儿，当然，此琼瑶非彼琼瑶，并非人名。

大潘负责去刻章，谁知把文学社的章拿回来一看，“丝瑶”变成了“丝谣”。这个寓意就很有问题了，难道说，我们传播的是“一点点谣言”？好在，有同学灵机一动说：“谣，也可以理解为歌谣。”

于是，将错就错，我的文学社正式命名为“丝谣”，之后，我们用复写纸一个字一个字地誊出了《丝谣报》，每个班级送一份。文学社一度办得风风火火，校广播站也跑来采访。

毕业后，这些文学爱好者，只余下我一人还在码字。芳宇由于跑外贸，学了一口流利的英语和德语，文章早就不写了；秀永扎在公文堆里，再不吟诗作赋，听说如今已做到副处，前途无量。

那枚刻着“丝谣文学社”的橡皮章，如今仍躺在我书房的抽屉里，搬了几次家，都没丢。

炒粉干

提及粉干，周围的朋友不知为何物。我解释说，是用大米磨粉、压线制成的。朋友恍然大悟，原来是米线啊。其实不然，粉干在江浙一带是长盛不衰的民间美味，与米线形似，但口感略有不同。它不如米线软糯和滑溜，但是更有嚼劲，入口丝丝分明。

难得回一趟故乡，捎了10斤粉干回上海，自己或煮或炒，慢慢享用美味。买来的粉干，每根粗细与龙须面相似，没有外包装，只用稻草捆扎，颜色略黄，需小心轻放，容易压碎。

粉干，那是家乡的味道，炒粉干，更载满儿时的回忆。

炒粉干，既能当饭吃饱，也可当成下酒菜，喝口啤酒，塞口炒粉干，这是最正宗的吃法。

小时候，我生日时的长寿面，都是用炒粉干替代的。我妈先烧开一锅水，将粉干投入开水中，汆一汆，既过水清洗了一遍，又能让粉干变软发胀。再捞到碗中，倒入酱油、料酒搅拌均匀，另外炒两个鸡蛋。再重新入锅，加油爆炒，再加入肉丝和青菜，十分美味。

炒粉干是一门技术活，炒不好，就粘锅底；炒好了，别提有多香了。每回吃炒粉干，我的胃都要撑大两倍。

街头比较有名的粉干店，都叫“温州粉干”，店里的粉干，以煮为主。顾客点粉干，可点粗点细。粗粉干较平常的粗两倍，细粉干则比平常的细一半。去温州粉干店，要煮粉干，会问你，要粗的还是细的，要加大排、小排、猪大肠，还是雪菜肉丝？

满街的夜排档，也离不了炒粉干。有一回，我和芳宇从学校出来，步行上街，回来时，走累了，天也快擦黑了，就在街头吃炒粉干。摊主端上两盘粉干时，照例要端一碗配汤。那配汤里，放几片紫菜、几颗虾米，还有一点葱花。

我和芳宇两个资深酒鬼交换个眼神说：“老板，汤不要了，给我们一瓶啤酒。”

吃一口炒粉干，喝一口啤酒，我们两个觉得还不过瘾，在老板略显诧异的眼神中，又叫了一瓶啤酒。

每人一瓶下肚，炒粉干也吃完了，两个人优哉游哉地走回学校。走了近半小时，到校门口时，芳宇一拍脑袋：“糟了，我把钥匙落在大排档了。”

两个人只好拖着腿又走回去，幸好，钥匙还在。看到那满大锅的炒粉干，我问芳宇：“你觉不觉得没吃饱？”

都是衣服惹的祸

班里组织野炊，分成若干组，为公平及合理起见，每个组都分到了少量女生。我被分到老王那组。

老王其人，身材粗壮，脾气却很温顺，讲话细声细气，属于憨厚无害的那种，算是班里公认的劳动模范，从劳动委员做到班长，也是出了名的好好先生。

和老王分到一组，当然，体力活都由他包了。买菜时，我们只需跟在他后面，指指点点，挑几样自己爱吃的买。不过，等我们大包小袋采购回来时，他的外套却不小心被一辆黄包车钩到，袖子拉开了一道长口子。

我们组就我一个本地学生，我自告奋勇，替他把衣服拿回家去，让我妈用缝纫机补一补。

衣服补好后，我送去男生寝室，老王恰好不在，就随手托他的室友转交。

这件小事，我一转身就忘了。

一晃四年，临近毕业，在我们寝室的某次卧谈会中，我才获悉，那件衣服还有下文——

衣服还回去时，与老王同寝室的人临时起意，往他口袋里塞了张字条，写了几句很暧昧的话，说我有心里话和烦恼欲对他倾诉，约他晚自修下课以后，到学校门口见面……虽然没留我的名字，但显然，这叫“知名不具”，那衣服是我还回去的，约他的人，舍我其谁？

结果，老王同学看到字条，不疑有诈，晚自修下课后，乖乖跑到校门口等我。而我毫不知情，早就回了寝室，吃完泡面，洗洗睡了。老王同学一直等到熄灯，也没等到我的影子，还守在那里，不敢走开。字条的始作俑者没见他回来睡觉，方想起自己的恶作剧，只好去校门口找他。果然，那老王还在“为谁风露立中宵”，冻得瑟瑟发抖。室友生拉硬拽，连哄带劝的，费了好大工夫，才把人拉回寝室……

关于这桩八卦，班里人尽皆知，让人哭笑不得的是，我身为假想女主角，却一直被蒙在鼓里。可谓天知，地知，我不知。

挂盐水

生平第一次挂盐水，10岁左右，还是少年。

发烧本来要打针，皮试发现我青霉素过敏，医生便弃之不用，另开了半瓶盐水。

看着医生扎针头，血液倒流时，我很紧张。等贴完胶布，我妈帮我拎着盐水瓶，我抬着胳膊，向露天的休息躺椅走去时，心中无端生出一种自豪感，觉得自己也是个挂过盐水的人了。

刚挂了10来分钟，觉得神清气爽，身上的高烧已经退了，摸摸额头也不烫了。可是继续挂下去，觉得毛孔都打开了，身上开始发冷。我妈没经验，什么也没带，只好把她的挎包捂在我肚子上。看隔壁挂盐水的人，身上盖了厚厚的毯子，我很羡慕。

身上越来越冷，牙齿都打起架来。等挂完半瓶盐水，我整个人重新变得滚烫，一量体温，不降反升，从40.1℃升到了41.3℃。我妈问医生怎么办，医生说："再挂个两三瓶看看吧。"我妈一听，吓蒙了。我拉着她，死活不肯再挂，我对她说："回家去，你给我烧碗青菜粉干，病就好了。"

我妈真的听从了我的话，骑自行车带我回家，烧了碗清汤粉干，加了

青菜叶，我趁热吃完，裹紧被子睡了。半夜出了一身汗，早上醒来，高烧已经退了。

我妈一直记得这个事，每当我发烧时，就说高烧不用怕，吃碗粉干就好。

第二次挂盐水，是读中专的时候，十五六岁，正值花季。

寝室里三个女生同时发烧，一起被同学送到了医院。还是同一家医院，这次没有挨冻，我们三个人躺在病床上，都盖了被子。护士说滴慢一点，不然有点疼，我果然觉得胳膊有点疼，硬挨着。

盐水滴得很慢，另外两个同学快挂完了，我才挂了小半瓶。我想上厕所，掀开被子，才发现吊着针的胳膊粗了两倍，肿得跟面包一样，吓得赶紧叫护士。

原来针头扎破了血管，盐水全流在我的胳膊里，护士拔掉针头，叫我回去用热水敷，隔天再用冷水敷。余下的盐水，让我挂另一只胳膊，我却有了阴影，不敢挂，跟着同学们就走了。

发烧第二天就没事了，那条胳膊却肿了一星期。

成人以后，我又挂过两回盐水。

前一次可以忽略不计，是考驾照前夕，吃四季豆中毒，上吐下泻，挂了两天盐水。盐水没出问题，也助我恢复了部分元气，但上场考试，我脚底发虚，连离合器也踩不稳，直接挂了。

后来一次，还是发烧，同事送我去医院，她正巧走开一会儿，到外面接电话，我忽然喉咙发紧，眼冒金星，手摸到了护士铃。闻讯赶来的护士见我脸色铁青，脸顿时吓白了。我挣扎着对护士说：“快拔针！”同事进来，看到眼前一幕，吓得大叫我的名字，我耳朵似塞了两团棉花，隐约听见她的声音仿佛从很远处飘来，人便昏厥过去。

这次挂盐水，又以失败而告终。

四次盐水三回意外，从此我再不敢挂盐水，发烧就自己捂汗，喝开水，倒也没出什么岔子。

找个什么样的白马王子

机械制造专业，男女比例多半失调，比如我们班，男生33个，女生只有13个。物以稀为贵，男生对女生礼遇有加，各种关照，逢三八节，还合伙给每位女生送礼物。

在这样的大环境下，本着肥水不流外人田的心态，班里的男生都瞄上了身边的女生，吃饭，看电影，约跳舞，送玫瑰花。无论燕瘦环肥，都不乏追求者。

纳闷的是，这其中并不包括我。这是一件很没面子的事情。凭良心说，我长得不算太丑，眼睛大、鼻梁高、身段苗条，性子不算太坏，冒充淑女也很有经验，班里女生还这么稀缺，怎么就没人待见我呢？

4年一晃而过。毕业考结束，我们在大教室里搞毕业设计，等待最后的毕业答辩。同学们有大把的闲暇时间，一边制图，一边侃大山，不知为何扯到了感情问题。我本着求知心态，抛出了心中的疑惑：为什么班里没有男生追我？

旁边的男生脸一下涨红了，露出一副击鼓鸣冤的表情，说："你的门槛太高，找男朋友，身高非得1.8米以上！"

"我有这要求？"我奇怪不已，为什么我不晓得这件事，扭头问另一个男生，那男生也很肯定，说我的要求是“1.8米以上”。

话说我们班这么多男生，身高超过1.8米的，只有一根“电线杆”，1.85米的个子，骨瘦如柴，性子腼腆，跟女生说句话都会脸红。这不是重点，重点是，我何时给自己设了这么一道槛？这不是自掘坟墓吗？

一连问了几个人，都说我有这要求。我听得如坠云雾，后来一位男生给我解释：“你生日时说过的！”

我歪着头，想了半天，隐隐约约，似有那么一回事。也是基于男生对女生的关爱，每个女生过生日时，男生都会派几名代表，买来蛋糕，为寿星婆庆贺生辰。第一学期，刚进校门不久，恰逢中秋，正是我的农历生日。吹灭蜡烛后，有人起哄，问我想找个什么样的白马王子。

我随口说：“找个不低于1.8米的吧。”

当时在场的，也就几个男生代表。说者无心，听者有意，我这1.8米的标准，很快就在班里传开了。

原来如此。我弄清原委后，笑得直不起腰。

一个男生不满地瞪着我，问：“那你到底想找个什么样的啊？”

我想了想，昂首45°，说：“身高不是问题，有没有钱也不重要，关键是人品好。”

翌日，班里便有好几个男生来约我，大概都觉得自己“人品好”。

下海之风

1992年，邓小平南巡讲话发表之后，全国掀起了一股“下海”经商的热潮，包括机关干部、知识分子、国企人员，并且，这股热潮也卷进了我的校园。一时间，几乎全校学生、老师都想着如何做生意赚钱。

先是我们的班主任，即我们的制图老师，放弃讲师的待遇，停薪留职，去某企业做了工程师。

再是学生会主席，打着为学生服务、帮助学生提高英语水平的旗号，到各班推销一种放磁带的随身听，42元，我们寝室有三个同学中招，其中也包括我。那个随身听质量很次，老卡带，没用一阵子就坏掉了。

后来，女生楼里，大家陆续开始贩卖零食。我和芳宇合伙，去粮油批发市场进货，专门进自己喜欢吃的零食，比如聪明豆、绿豆饼、相思梅……进来的零食，半吃半卖，倒也没亏，赚回了自己吃零食的开销，还略有结余。

楼道下面，贴了好几张纸头，都是小广告，告知过路的同学，某某寝室优惠供应泡面、鱼片、瓜子……

宿舍楼门口，每到晚自习下课时分，热闹非凡，几乎成了一个小型的交易市场。

某老师的家属，白天在收发室给各班分发信件，出售邮票，晚上就做一大桶的冰凉腐，在宿舍楼前蹲点。

我们很喜欢吃她做的冰凉腐，上面撒点薄荷香精、芝麻，搅拌均匀，又香又甜，清凉解暑。

有个高年级的男生批发了刚出炉的烧饼来卖，不过，这肯定要牺牲晚自习时间去进货。我们吃到嘴里时，烧饼还带着几分热气。

一天，上完晚自习回来，我和芳宇又去买了烧饼，看他还有大半纸箱的烧饼没卖出去，我一边付钱，一边给他支招儿："你这整箱烧饼放在地上，不注意就看不见了，你不如把箱子拿高一点，吆喝几声嘛。"

那男生听了，二话不说，双手托起烧饼箱，开口吆喝："卖烧饼，卖烧饼喽！"话音未落，那只箱子忽然塌了底，烧饼掉了一地。

男生忙蹲在地上捡烧饼，芳宇拉着我尴尬地走掉了。好几天，我们都不敢买他的烧饼，生怕是掉在地上滚过的。

学校的下海风刮了两个月，终于惊动了校长。在全校大会上，他希望大家毕业了再考虑赚钱的问题，在校期间，还得把心思用在学习上。最后，他明令禁止校内买卖任何物品。

那些没卖完的零食，我们自己吃了好久。

下海，就这样淡出了我们的校园。原以为，待到毕业时，可以如校长说的，学以致用去下海。没想到，那时已经有一个新名词等着我们，那个新名词叫——下岗。